周庆荣/著

执灯而立

四川文艺出版社

图书在版编目（CIP）数据

执灯而立/周庆荣著. —成都：四川文艺出版社，
2021.12
ISBN 978-7-5411-6108-7

Ⅰ. ①执… Ⅱ. ①周… Ⅲ. ①散文诗—诗集—中国—
当代 Ⅳ. ①I227.6

中国版本图书馆 CIP 数据核字（2021）第 245024 号

ZHI DENG ER LI

执灯而立

周庆荣 著

出 品 人	张庆宁
责任编辑	朱 兰 蔡 曦
封面题字	戴 卫
装帧指导	戴 晓
封面设计	严春艳
内文设计	史小燕
责任校对	蓝 海
责任印制	崔 娜

出版发行　四川文艺出版社（成都市槐树街 2 号）
网　　址　www.scwys.com
电　　话　028-86259287（发行部）　　028-86259303（编辑部）
传　　真　028-86259306

邮购地址　成都市槐树街 2 号四川文艺出版社邮购部　610031
排　　版　四川胜翔数码印务设计有限公司
印　　刷　成都东江印务有限公司
成品尺寸　140 mm×280 mm　　　开　本　24 开
印　　张　7　　　　　　　　　　字　数　210 千
版　　次　2021 年 12 月第一版　印　次　2021 年 12 月第一次印刷
书　　号　ISBN 978-7-5411-6108-7
定　　价　68.00 元

不是黑暗包围了我，

而是我打入了黑暗的内部。

——《山谷里的黑》

（《有远方的人》，2014 年春风文艺出版社）

开窗，让东风吹！

今夜，我是一个有理想的人！

——《有理想的人》

（同名散文诗集，2010 年中国青年出版社）

认真地活，勇敢地死。

然后，自己是自己的碑！

——《沙漠上的烈士》

目录

向藕致敬

本质的时刻即将到来。

面对深秋后的残荷,我看到的是老者骨感的站立。

高洁之美从来不为后果而叹息,残荷是我眼中的榜样:
超越那些总能志得意满的时令小蔬,它们宣告藕的时代
的开始。

仅仅是藕吗?

是真正沉默在泥土下面的生命。

仅仅是藕孔?

是它们必须学会不被窒息的关于呼吸的哲学。

当残荷暂停通行的赞美,忍耐者应该收获最精美的
秋天。

残荷立在深秋,它们等待藕的出场。

它们要向藕致敬!

2018.10.18 凌晨

沙漠上的烈士

在格尔木，死去的胡杨是沙漠上的烈士。

没有倒下的身躯，诉说着它们没有完成的愿望。

惊疑不定的白云，携着雨水投奔到山峰上的雪，天空，死命地蓝。

蓝出怀念皈依般的纯粹，不染风尘。

活着的生命，来看烈士的有：藏羚羊、骆驼和雄鹰。

它们的祖先见过炽热的阳光照亮胡杨青春的脸庞。

平安无事的格尔木。

往事不追，只祭奠。

我踩过人间三千里起伏，站在死去的胡杨的身旁。

我说它是真正的烈士，在荒凉的原野，在高寒的气候中，它努力生长的事迹就是今天我们人世间最需要的鼓舞。

我的身份可能是这样的两种：

一位将军找到了士兵的骨殖；

烈士终于等来了他后继有人的人。

认真地活，勇敢地死。 然后，自己是自己的碑！

在沙漠，对烈士的忽视甚至遗忘，这是永远不能被原谅的。

2020.8.27 中午 托勒海沙漠

后麦子时代

阳光参与后，还是大片的麦子更为壮观。

空气在麦芒上喊痛，麻雀在上方欢呼。

麦子熟了，土地可以述职。

毡帽形状的粮仓开始被主人精心维护。

近处和远方的面粉机准备否定每一个麦粒的独立，

大家庭似的面粉有着非凡的可塑性。

田野、犁沟、播撒种子的手臂；

冬天唯一能够绿的庄稼，八哥鸟欢叫出人间的收成；

旱烟、农人的脸及皱纹；

当我试图还原这些，我其实已经是面粉机的同盟。

在后麦子时代，生长的过程被忽略。

面粉是一种食粮，从麦穗上走下的麦粒，它们必须磨碎

自己，必须重新彼此热爱，然后必须混合。

2019.11.2 凌晨

断垣上的掌印

风攀过断垣，呼啸而去。

初冬下午的阳光调整焦距，我看到一枚掌印深嵌在墙壁。

时光里总有一些烙印，它是无名者留给未来的旗帜。

掌上的生命线长而散乱，虽然生活注定充满艰辛，但平凡者意志坚定。 智慧线和事业线已经模糊，这验证了历史档案中永远有一部分内容属于沉默。

它的爱情线被阳光照亮。

我一直相信，真实而生动的爱应该在这样的人手里。

城墙中那些与功名利禄有关的构成，是已经坍塌与风化的部分。

凡举旗者，在冬天请来这里。

看看被阳光照亮的这枚掌印。

2018.11.12 凌晨

档案里的铁匠

铁锤和铁砧之间，一块烧红的铁等待着被敲击。

"咚咚咚"，再"咚咚咚"，火星溅到铁匠的帆布护兜上，好像红铁滚烫而多余的语言，每一个铁匠铺的地上，都布满了形状各异的铁屑。

铁锤继续。

红铁终于无话可说。

想知道铁匠的意志？

先看他的手掌，厚茧密布。 天啊，他臂膀的肌肉如老树躯干上沧桑的瘤。 这魅力四射的强大之美，劳动者将为红铁塑型。

红铁变镰，田野上必有麦子和稻谷，它们从自身的成长中走出，走进粮仓。

红铁成犁，种子将撒在犁沟。 土地上的事物一茬又一茬，它们生生不息。

红铁为斧，世间冥顽不化的存在应该被砍伐。

铁匠用锤子敲呀敲呀，红铁变成锤子下面另一把锤子。 一些锁链就要被砸碎。

多年以后，铁匠的意义只能在档案中寻找。

多年以后的今夜，我打开尘封的记忆，饮尽一壶烈酒。

双目如火，红铁依然在我的体内？

我是自己的发现者？

当我突然缅怀已经逝去数年的铁匠，每一滴泪水都是一粒火星。

2021.7.7 凌晨

黎明的心

任何黑暗，都会有坐在黑暗中的人。

你是否有明天，取决于你是否具有一颗黎明的心。

八月的第二个凌晨，闪电在窗外舞蹈，雷声如重锤击打着沉闷的夏夜。

此刻，我灭灯独坐。

那些漫步的，蹒跚的，疾走如飞的，都是我在白天看到的行走方式；

那些开花的，结果的，以及被不断修理的植物篱笆，事物在各司其职。

远处田野里的庄稼和粮仓在交谈，我愿意被我看到的一切鼓舞。

在黑暗中，我想着自己没有看到的人们之间的互相热爱，它是密不示人的铭文，是黑暗中的力量。

是的，闪电是黎明的引信。

多年以后，我会记起这次黎明前的独坐。

雷雨交加，这是每个人一生中必须经历的考验。

2019.8.2 凌晨

雨中观蒲

蒲草到了七月，抱槌而立。

什么样的环境让草一样的植物心如铁杵?

太阳当道的时候，蒲槌的结构一个月后就露出真相。

它们其实就是一粒又一粒的绒毛，柔软、胆怯和分裂，

它们是空气中飘浮的絮。

七月末的一个被雨水不断梳理的下午，在湖边的水洼，

我凝神看蒲。

这些大草，走出通常的匍匐。

风雨交加之时，它们抱槌而立。

解构后鹅绒那样的柔软，一抱团就是坚定的信念。

在野僻之地，安静的猛士怀揣蒲草之心。

我是谁?

雨天的一个观蒲人，他发现了蒲槌的本质。

2019.7.29 下午

红月亮

此前，我认为月亮送出的只是冰镇过的光明。

人间沿用的词汇有：冷落、孤寂；生活中被提升的哲学
是：天空黑暗时的解决方案，对待地面上不断起伏的人
和事，终于有了一种遥远的客观和公正。

夜晚省略了日常的细节。

月亮红了，

月亮开始接过太阳的使命？

已经过去的这个深秋，在北方山脚的一块土地上，我看
到高粱和晚阳一起火红。

需要爱情的时候到了，我是说，如果生活中生长出沮
丧，我依然要用爱情的态度抱紧它。

月亮红了。

丁酉年的舞台闭合前，我们一起记住这次月圆。

天眼大开，它注视着善良者在寒冷中的坚持。

红月亮，你是太阳在冬夜敲在天空的钢印。

红月亮，你是我终于读懂的暗语。

相信一个新的季节，办法如此简单：在一个旧的季节过
去之后。

2018.2.1 凌晨

冬　至

冬天真的深入骨髓了。

在与兄弟们把酒言欢之后，在结冰的湖畔，我想给生活记录下沉默的祝福。

祝福未来的日子，守住从前的真实。

时间是什么？

我把一块瓦片用力甩向冰面，坚硬与坚硬之间的快速滑行，彼岸竟然如此可以试探。

冬至的语言其实也是滑行一样的简单，朋友用焐热的手隔空握紧友谊，希望生长在冬天的深处。

当我说时间就是瓦片在冬至的湖面上飞速地滑行，谁在回忆波浪？ 谁在聆听刹那间就抵达的希望？

然后，我在石凳上坐下。

这沉默的苍茫，这让湖水结冰的节气，一个对生活有很多态度的男人，他一言不发。

他点燃一支烟，星空下孤独的燃烧拒绝多余的话语。

隔空呼应的彼岸，应该感谢冬天的冰，它让距离简洁成滑行的优美。

所有的春暖花开，必须先通过冬至的考验。

2019.12.22 凌晨

让我们一起执灯而立

——观戴卫画《执灯的印度老人》

还有多少夜路需要我们执灯而行？

可以吹灭一盏灯的气流要认真盘点：被春天懒散的柳枝甩过来的细风，从深秋枯树的落叶上一跃而起的坏脾气，冰面上溜达而来的寒噤，这些都是一盏灯可能面临的危机。

一盏灯存在的理由应该是充分的：比如黑云压城，比如伸手不见五指。 更多的情形属于日常的叹息，它们慢慢变成心底的阴霾。

那些黑暗了自己的人，来吧，我为你提灯。

我把戴卫画中的老人重新规划位置：恒河的彼岸，其时，正逢黄昏星在天空亮起。

无数仍在此岸的人，晚风吹响的河水是生活中怎样的声音？

如果发现生活还不能给他们完整的承诺，请准备好下面的夜路：划动生命之舟，彼岸有一盏灯，它不属于虚幻的光环，它是人们黑暗中的方向。

其实，画中的印度老者可能就是我们生活中每一个长者，他们将沧桑刻在自己的额头，谁在迷途，灯光就为谁而亮。

假设的位置也许不是恒河，可能是虚实之间的沙漠和坎坷，如果年近花甲的我也会迷茫，我就把这幅画认真收藏。

深夜，我站在画旁。

当夜色如此庞大，一人执灯是不够的。

我愿意是又一个善良的人，手里捧着一颗能够在黑暗中发光的心。

2019.4.17 凌晨

正确的观鱼态度

——观戴卫国画《观鱼图》

让鱼上岸是不对的。

鱼饵、网，或者干脆竭泽而渔，都不是人和鱼群正确的关系。

庄子的智慧在于，让自由自在的事物和自己无关，只做旁观者。尊重鱼和水之间的感情，旁观的力量大于直接介入。

与幸灾乐祸无关，与麻木不仁无关，不是一片落叶的颓废，亦非天空一朵白云的清高。

观鱼，能够看到哲学在鱼尾甩动，浪花是我们现实的需要。

鱼水之情，彼此感恩。

当水的环境和谐，鱼之乐一定感染了岸上的人。

观鱼者的责任是：不能在别的场合别的时刻隔岸观火；不能有把水搅浑之心。

2019.1.17 凌晨

人图腾

先是风起云涌，然后归于一个人的平静。

石头从山顶滚落的时候，有人欢呼，有人惊悚。

关于人的图腾，我希望眼前有人用古铜色的手臂去托起它。

手臂上的肌肉暗示着平民的力量，血管内流动的是真正的奋不顾身。

图腾后的生命就舍生取义了，万物就都在身外。

一个人的平静，在谁也不能忽视的人群中才能验证。

万民之生，必有图腾。

玛尼堆是图腾的基础，一个个石块彼此终于遇见，天下苍生互相搀扶，经幡飘扬在玛尼堆上。 长风阵起，经幡演绎着风云的形状，更发出时间才能听懂的声音。

苍生图腾，神会自惭形秽。

2019.11.5 凌晨

魂的标本

——观戴卫写生《建昌古柏》

茂盛的枝叶是多余的，可爱的松鼠和传说中的凤凰是多余的。

生命的丰富已告别青春期的生动，比天空还旷远的岁月，像被汗水浸透的毛巾，生活中的各种力量把它拧紧后，便是我眼前这株古柏的腰身。

被拧干挤压的身躯，它的右侧顽强地绿着活下去的希望。 它左侧的枯槁是朽烂的惯性，它终于没能笼统地总结生命。

"生命经常会遭遇这些，历史的和现在的。"

"我就是这样和光同尘。""他人眼里的沧桑，正是我千年的智慧。"

当我读出古柏想说的话，画家戴卫已经用水墨把它的魂制作成标本。

我承认自己需要这样的标本。

提醒也罢，激励也罢，人过中年，一株古柏是我的宿命，更是我的榜样。

2019.11.13 凌晨

叩　问
——观戴卫写生《老衲叩钟》

我佛，半个世纪为你劳动，不为别的，我只想借你的钟
每日三叩。
你的钟是人间与佛界的边际之物。
三分之二是青铜，三分之一是锡。
按照材料学的日常应用，它可以是另一把古时的剑，或
者是装饰性的器皿和实现寄托的礼器。 但你是我眼前
的一口大钟，是古刹每天必须发出的声音。
寺庙是人间走向佛境的媒介，铜钟是媒介之媒介。
我是一个年长的劳动者。
我要每日三叩。
叩呈人间五味的真实，让佛永远是正确的知情着；叩述
人与人的差异，除了高尚和卑鄙之外，更多的人只想寻
常地活着；
第三叩，我想听听你的声音。 是不痛不痒的普遍的道
理，还是对劳动者必将实现的回报的承诺。
我叩钟啊！
在我坦承了一生的言与行，最后的钟声就是我的叩问。
天欲晓，艳阳把祥云画在人间的头顶。
我听到的是这样的声音，佛知否？

2020.2.3 凌晨

危墙之下

一个点如果是你只能选择的坐标，它是固若金汤还是一堵危墙？

风一样地吹拂狂野已经很久了，你想安静的时候，何处是安静的归宿？

有形的将塌之物只是危墙的演示。

警句一样的演习是每个人都熟悉的语录。

为何同一个陷阱稍改变装饰就能不断等来不同的猎物？

为何一个秉性难改的人能够重复地缠绕善良？

在晴朗的天气里看到危墙。

在熙熙攘攘的人群里看到危墙。

在人间烟火的真实里想到危墙。

置身事外的远离方式一直为我鄙视，只不过是以前我总是沉默地忍耐，将来准备发现一个危墙就推倒一个。

不立危墙之下的君子，推倒危墙后变成了勇士。

2020.3.16 下午

上等的磨刀石

——黄姚古镇石板街记

石头被磨掉的部分。

路薄了，岁月却变得厚重。

左脚磨过，右脚磨。

男人磨过，女人接着磨。

幸福在阳光下磨，悲伤蘸着雨水磨。 石板街的路是怎样的磨刀石？ 什么人在钝下去，什么人又开始锋利？

今天在石板上磨的是我。

磨去迟滞后我就会变得迅疾，磨去圆滑后，我会再次露出锋芒。

磨去躲躲闪闪，磨出快意人生。

磨去生命里的锈，人性中糙粝的抵触磨成玉的润。

我缓缓地行走，只是想让自己在黄姚牌磨刀石上多磨一会。

当我从石板街走出，阳光一照，剑辉四射？

一把好刀，只有被自己的历史磨过，才能最后所向披靡！

2010.9.26 中午

关于可能性

"啪"的一声。

声音传到远处你的耳朵里。 这意味着你不在现场。

虚拟或者真实，允许你结合自己的生活经验，描摹出真相。

举例：你手捧西瓜，西瓜滑落在石板路上。 红色的内容，甜蜜的内容，仿佛黑色的西瓜籽果断的叹息。

你确实想到几种可能：

被侮辱与被损害的人，用手掌做出的回答；

气球对于气体的荷载超出了包装材料的承受值，响声之后，结果是干瘪的；

每个人都要开始奔跑，因为发令枪已响。 可能会气喘吁吁，但不能轻易成为掉队的人；

乌云裂开的声音，彩虹是眼中的信号弹。 坚持什么，争取什么，一定要做一个心里有数的人。

关于可能性，我想起五十年前的一个清晨。

我的爷爷，甩动手里的长鞭，空气爆破。

然后，黄牛牵着犁铧，新土里将长出新一茬庄稼。

2020.5.31 凌晨

蒲公英素描

它是春天听话的孩子。

服帖地匍匐在泥土上，几阵春风加上几次春雷，它的心中长出嫩嫩的旗杆。

它的头颅昂出一棵野菜最大的高度，秋菊一样地黄，状如迷你版的向日葵。

它也结籽，绝无向日葵齐刷刷玄铁般的牙齿，它因此毋需紧咬牙关。

寻常的日子总会出现大风。

它的头颅就是简单的果实。

我们能说它仅仅是随风而去？ 它是随风而去的飘絮？

将来，在更广泛的田野，在新的春天，我会看到更多的蒲公英。

飞扬的飘絮一定是错误的结论。

当我完成一棵蒲公英的素描，我是在公开一个秘密：世人眼中的飞絮，其实是生命的自我播种。

2020.6.10 凌晨

空间论

宇宙中的一颗星星，银河系中的一颗星星，站在地球向空中望到的一个亮点，整个黑暗中的一点光。

大地上的一座山，一座山的一个坡，坡上的一棵桃树，桃树的一个枝，枝上的一朵花，春天里的一袭香。

动物中最高等级，一个人能用体内的骨头保持站起来的姿势，一个人能够用自己独到的语言和意念从庞大的人群中走出来，一个人的空间有时覆盖了所有人，一个人的空间又会小得让他无处藏身。 一个人的物权证包括领空、领海和具体的房契，一个人最后的空间是地下的采矿权，发掘即永生。

2020.3.22 凌晨

风筝往事

虽然，空间辽阔得可以容纳所有的风筝。

总有风筝会互相纠缠，顺着筝线，肯定找到牵着线的手。

纠缠的风筝形状各异，龙、虎、羊，甚至蜻蜓，它们在天空集体热闹。

生命史上司空见惯的规则在天空经常失效。

比如龙虎会败给羊，蜻蜓成为王者，独傲空中。

更多的时候，一旦风筝开始纠缠，都会是坠落者。

牵线人无法左右，他们是理想主义者中间那些无辜的人。

我也有关于风筝的往事：风筝高高在上，我在田野奔跑。

2020.5.14 凌晨

壁前心语

——观戴卫画《达摩面壁》

面壁岂能只为思过？ 因为人生最好无过。

墨写的文字如同神谕，神谕成壁，我们这般平常人，都曾经做过壁前人。

达摩是面壁的先行者。

壁上文不能生硬冷僻，繁体字不宜过多。

把常用字选择好，它们有着芸芸众生的体温。 如果写成一篇文章，文章中定能读出田舍、稻谷和麦地。 读出声来，人们听到了蛙鼓蝉鸣，其时，鸡犬相闻。 假如遭遇黑暗，豆油灯和萤火虫仿佛发光的蝇头小楷。

达摩面壁，思绪万千。

佛语不诳，从此不再缅怀落叶，不再让众生寂寞如圣贤。

照亮新绿以佛光，壁上的常用字随意组合，每个人都把日子写成生动的人间烟火，每个人的生命都没有轻易地虚度，并且叹息。

达摩面壁，戴卫作画。

我是深夜的饮者，我也面壁。 不为留名，只期冀在寻常的街头巷尾和野径垄上，留下我的足迹。

2020.6.4 凌晨

黄河流过石嘴山

真正的名嘴能够咬得住所有的辉煌，然后，它的语言是启示般的缄默。

当地形状如镌刻的嘴，往事里一直昏睡的平凡终将开口说话？

石嘴山屹立在黄河岸边。

两侧的山脊被正午的阳光照亮，它们是石嘴山醒目的法令纹，岁月的沧桑在左，生命的荣光在右。 石嘴一张，悠悠的黄河水便是我眼前最伟大的舌头。

贺兰山下劳动的人们，请接受柔软深情的吻。

石嘴说过的话要在风中寻觅，声音清脆或者浑浊，需要在黄河的波涛中分辨。 羊群攀向山坡，老鹰飞翔在额际，麦田边村庄的炊烟持续地向天空传递人间的消息。它们都是石嘴山语言里的核心要义。

依旧还有许多未及说出的话，它们是一条河源头高处的圣洁，人间未来的语言，冰川终将融化，河水还将流过石嘴山。

2019.10.17 凌晨

十二峰

——兼致永嘉

在别处被矮化的人，请到十二峰来。

饭甑居中，云雾弥漫着万顷稻米蒸熟后的芳香。 它在，人间可以温饱。

十二峰身姿挺拔，如果你想知道温饱之后应该选择成为什么，就到十二峰来。

高僧和飞鸟来过，他们把人间烟火留在人间，他们想忘却人与人之间的复杂，他们一个建立庙宇，一个在树上筑巢。

英雄来过，他站在饭甑前，是其中的一个峰？ 如果香喷喷的白米饭，一直能够保证着那些害怕饥饿的人，他就放弃逐鹿中原的梦想，做一个卫士，守护这里的温饱之源。

美人来过，因为英雄一去不再复返？

还是因为这里十二座山峰屹立，仿佛男人的腰板挺直？

楠溪的水清又碧，她们浣衣，洗尽英雄的沧桑和叹息，岁月，应该永嘉。 美人，你们应该继续来，做十二峰旁一溪温柔的水，我记不清你们的名字，就让我模仿古人，称你们为永嘉氏吧！

包括那些丢失在都市的人，经常谦卑忐忑的人，你们也来。

随便抱住一座峰，你们就有了靠山。

抱紧它们，你们的命运永嘉，所谓的高端和低端，你们已经是山峰上巍峨的石头，或者是石头上顽强的青松。

你们都是永嘉的好男人，从此不卑不亢，尊严如山。

这一次，站在十二峰边上的是我。

我的态度端正，几乎谦虚得像山坡上的一棵小草。

可是啊，我的理想伟大。

我从现实主义的随波逐流中走出，我是一座新的山峰，在十二峰中站立，一个瘦削的男人想改变它们的姓名。

2018.5.14 凌晨

山谷之湖山关系

被群山拱卫的一湖水，用晚霞的温柔收留它们的倒影。
山头起了波浪，鱼群在山坡跳跃。
几位老客进山，过去未被完成的都是记忆中的美学。
湖与山的关系总被我们在日常中忽视。
你在高处挺拔。
我在低处温柔地拥抱你的影子，以涟漪之水擦拭你光芒
的额头和额头上看不见的岁月的沧桑。
当山谷如斯，勇敢者方能峭拔得坦然。

2019.7.21 夜

破　秘

与山峰相望，深渊却永远互相陌生。

无数雷同的荣光至今仍未打败我，因为我一直匍匐得很好，蜗牛贴紧树枝，树枝向上宛若横空出世。

深渊是最利于发酵事物的，低处已有的事件和半空中落下的雨水与阳光，那些懂与非懂、似错非错的植物形状，它们在深渊慢慢发酵。

所以泉水如酒，菌如菇，深渊里走出来的人，如神。

在拒绝顾虑悬而未决的日常现象之后，干脆直接到底。

蝴蝶、蜜蜂、泉中的冷水鱼，黑熊、狍子、冬眠前的小花蛇，厚厚的色彩斑斓的落叶和蔓延的苔痕，你如果来，就在深渊中独坐。

一坐看山头的风云变幻，再坐读岩石被风雨剥蚀后的面目狰狞。雾仿佛日出前的化妆品，阳光灿烂时那些岩石本质清晰。

可以互望的山峰仅把一面互示，各自把阴影藏匿。

深渊中的一切密切相依，发酵，日常的和永恒的努力，我叹服于经验中已知与未知的可能，仿佛看到爱情化蝶甚至凤凰涅槃。来吧，深渊独坐，一起如神。

2018.9.3 凌晨

坐等黎明

三两颗星星是黎明派遣过来的前哨？

睡梦中的人间，有利于完整地侦查？

像曾经的那样，我坐等黎明。

我记住了几个优秀的黎明，有的带霜，它让我看到了凌霜傲立的事物；有的与雄鸡为伴，我听到了一种声音为破晓而啼；有的化作钟声而来，自遥远的天际，钟声空灵悠长；有一次，我坐得太久，黎明竟然被省略，太阳径自地照耀大地。

因为知道黎明是优秀的。

我的每一个漫漫长夜都是我爱读的书本，在字里行间我读出呼吸和呼吸者们永不停顿的努力。 偶然望向天空，三两点星光就变成启示的力量。

所以，我是主动的无眠者。

没有失眠的焦虑和不安，只用一坐，就消除了我和黎明之间的距离。

2020.10.22 凌晨 未来园

深井之水

别再继续做深井之水。

井口的勒痕证明它曾经借助一只木桶，按照一根绳子的要求，走向大米成为米饭，走向庄稼变成第二天新生的叶片，走向被汗水浸透后的衣服，因此抚摸到一个女人的双手。

深井之水，有一千个理由被遗忘；

被遗忘之后，有更多的理由死亡那样地蛰伏在土地的深处。

与井绳相遇，深处的水动身向上。

想象着月色下的一个村庄。

一桶清凉的水，在炎热的夏夜，从乡村少女的秀发开始，流过手臂和羊脂玉般的身体，谁能够准确地形容深井之水的具体形状？

在美好之前，应该有一次深刻。

有一次冷寂。

我想做那个抓着井绳，把水提上来的人。

2020.10.28 凌晨

如此之外

如果风暴之后还是风暴，我们就在风暴中安家。

我是一个一生准备幸福的人，可是，我不愿意用丰富的词语来叙述我准备的过程。

太阳正在落山，我从湖畔的木椅上站起身子。

眼前的场景确实依然是冬天。

数日前似乎更冷，冰咬紧湖堤。

太阳落山的时候，我看到冰松开了嘴。我喜欢湖水湿润的唇，它吻着岸，我仿佛听见土地激动的心跳。生活的春天说来就来？

是啊，还没有完全过去的这个冬天，我的右背直到右手一直疼痛麻木。这是生活给予我的一种暗示？任何乐观和坚强，伴随着一半的病态？还是只能让自己的力量发挥一半的作用？

如此，如此。

北风呼啸，我在北风中看落日。

太阳落山时，我站了起来。

冰已经疲倦，它刚与太阳分手，它开始松口，把寒冷给予世界，最后的冷还是它自己的？

生活不过如此，温度在如此之外。

我想我知道了如此，在太阳落山后，我站起身子，我要绕湖一周，湖吻这个季节最后的段落。

一切的希望，在如此之外。

比如，在随后的黑夜中，做着春天的梦。

2018.2.19 凌晨

真相，在花开之外

一些花明显是多余的装饰，一棵树只开出必要的花就足够。

被风雨打落去一部分，被害虫啃噬掉一部分，被人采撷去数枝，还有那些虽然绽放的认真但最终无法结果的，一棵树竟然不能设计自己的未来。

一棵树，万花齐放。

被鼓励的结果就是力不从心，这花团锦簇的繁荣景象，它是一些旋律里的形容词，苍劲不见，风骨不见，它隐约了树干的挺拔和树梢上呼啸的风云。

我因而喜欢严冬时节的树木，是否雪压枝头并不重要。

在寒冷冰封的环境里，它们是阳光中的本质，绿叶和繁花在该来的时候就会到来。 而树干能够面对凛冽的寒风，这站稳了的坚定，仿佛沉默的真理。

我还可以双手抚摸着它们的躯干，想象每一个姓氏都曾经历经的千年沧桑和不朽的希望。

不为花事所累，冬天，让自己就是真相，敢于素面朝天。

2018.6.21 凌晨

胡杨的祭奠

胡杨的身体一半仿佛沙漠，剩下的苗壮因此与沧桑
为邻。

就像白需要黑，善摆脱不了恶，真理离不开谬误。

让一半枯，胡杨用自己的委屈成就自己的另一半。 在
沙漠的边缘，一棵没有完全死尽的树站着身子，给生命
力做出图解。 绿着的部分有的绕着树根，像孙儿绕着
曾祖父的膝；有的是一根手臂，从枯槁的先辈的躯体上
接过希望的薪火。

也有整个身躯已经干燥如沙漠。 它们是自己的纪
念碑。

每当风卷黄沙，碑上的文字就开始复活。 马、骆驼和
狼，它们曾经发出过各自的声音。

走出沙漠和许多没有走出去的人，用掌纹在胡杨的纪念
碑上留下装饰的花边。

连时间都只是匆匆过客呢，胡杨的枯荣谁来作证？

在沙漠的环境下，一切如胡杨那样存在过的生命，也让
它们永垂不朽吧。

2018.8.30 凌晨

医患关系

医生：难道天空就不会明亮？ 你为何认准黑暗的意境？

患者：只要没有裸露到底，我离光明就很远。

医生：你被爱围绕了。 你撸下星星，把发光的心扔进地狱。

患者：病人如何医治病人？

医生：医生是一个有责任的病人，想让所有的植物直接长成药。

比如葵花，太阳幸福，你就幸福。

比如稻谷，成熟时低头；当高粱像极了火炬，它们必须断头。

患者：世界错了，我只愿意是藕，最大的黑暗也不能阻止我呼吸，而且，任何突然的断裂也不能伤害我的筋。

医生：呼吸的方式如果不对，身体就会泄气。

患者：如何补气？

医生：深山里的人参，不搞阴谋诡计的朋友，爱只是爱，希望永远大于绝望，无欲的药锅和人性温暖的火苗，在掌心搓热后，服下。

患者：历史中的政客、人心向背、热锅上的蚂蚁，这些会影响药效？

医生：我已经替你办好了转院手续。

患者：角色已经转换，我们的关系只是相互治疗。

2018.9.1 凌晨

一只喜鹊和三种果实

喜鹊比我更了解秋天。

天高云淡之时，大雁开始南飞，而一只喜鹊和它的同伴留在原处。

下午五点，我在园子里的一块石头上坐下。 吸着纸烟，外人看来一定像极了空洞的思想者，仿佛秋天的背景和背景中丰富的细节与我无关。

一只喜鹊喳喳地飞来。

离我不远处是三棵不同的树，它们都挂满了果实。

李子、柿子和核桃。

李子发紫、柿子橘黄、核桃最外层是一层青皮，里面的壳坚硬，内涵被一软一硬包围着。

喜鹊吃了几口李子，然后对着一粒核桃啄数次，它喳喳两声就干脆地站在柿子树的高处。

我知道柿子越成熟越软，它们肯定是喜鹊的最爱。

我抽了三支烟，喜鹊仍在热爱着柿子。

秋天，到处都是粮仓啊。

喜鹊比我更珍惜秋天。

它不去想秋天之后，而我似乎对秋天熟视无睹。

当我起身扩胸，喜鹊飞走。

我对着核桃端详好久，如果我懂鸟语，就能清楚那只喜鹊方才对三种果实的认识。

喜鹊在秋天的现场，而我却在秋天之外。

2018.9.11 凌晨

北回归线

这广大的区域，北回归线画地为牢。

太阳一点一点地远去，土地下方的火焰，将负责融化冬天的冰。

在深秋的午夜，谁在缅怀抬头望天的气节？

月光本是合适的调解人，此时不见。

2018.10.8 凌晨

海浪咏叹

一道浪接着一道，我不去把它和我已经消逝的年轮焊在一起。

一道浪抱紧木船的一块板，送回到岸上，像是大海把漂泊的魂灵护送到土地上安放。

一道浪水花飞溅，打湿我的唇，汗与泪，大海让我不能忘记人间的味道。

一道浪卷起太阳，不眠之时，浪里带月。 我看到第四十道浪，大海似乎羞涩地曲折，它没有把浪进行到底。

浪，是大海运动的弧线。

汹涌也是美，而且，力量来自内部对风云的呼唤。

第四十道浪，在大海的表面写着什么样的文章？

都说大海是最自由的元素。

海浪，那就自由吧！

在海水和土地的结合部，不知疲倦的惊涛拍岸，我体内的精神只能是这样的声音。 哪怕巨浪吞噬了我，我愿意和海星星躺在一起。

一起，比肩而眠。

2018.10.23 凌晨

最后的向日葵

向日葵熟透的时候，太阳一如既往地呆在天空。

向日葵的头颅为太阳而生，它固执地望着光芒，即使光芒因为风雨造成了信任的辜负，向日葵紧咬牙关。

黑暗要用铁齿去粉碎。

后来的向日葵以果实芬芳了人们的牙齿，在秋天的旷野，我看到向日葵铁棒一样的躯干，心里想着它一生所保持的忠诚的味道。 我也想抚摸光芒的脸。

向日葵的重生是一次涅槃？

云，黑或者白，天空脸上的斑点，我要用时间的布不断地擦拭。

我心底的坚持和对光芒的爱，只有葵花知道。

深秋，我孤独地站在旷野。

谁是我的葵花？

长风起源于人间的气流，是葵花的呼吸？

苍天在上，下面是被收割后的向日葵的田野。

我想和谁说，我是一棵最后的向日葵？

2018.10.29 凌晨

夜读者

即使已是初冬，午夜的月光也是温柔的。

这大好月色看来我只能辜负了，被辜负的一定还有月光一般的期待。

因为腰椎旧疾复发，我不能像往常那样在夜色中疾走如风。

我站在窗前望月，人间安静，月光真的美好。

噪音始于人心中那些按耐不住的跳动，它让一个从不放弃希望的人曾经烦躁。

现在是我的午夜，月色下的意境仿佛我必读的书目。

读遥远的灯火如豆，读海浪的咆哮代替了细雨霏霏的叹息，读窗外矗立的树干俨然人群中凛然的骨头。

我读夜，读出月色。

在日子的蹉跎中，能够读出希望的一定属于午夜依然醒着的人。

夜读者呵，你从生活中读出怎样的中心思想？

2018.11.2 凌晨

物　证

丹顶鹤飞走了，剩下的多半是乌鸦。

冬天是谁制造的？

乌鸦在落尽叶片的树枝上大声发言，而丹顶鹤正在南方依然温润的湿地沉思。

关于候鸟的飞翔，可以解释为生命力的顽强。

见风使舵的生命，起源于哲学的本能。

谁制造了冬天，谁就是在创世纪？

乌鸦留在原地，丹顶鹤举起希望的火球，冬天，它们要活下来。

2018.10.31 凌晨

天

在荒芜的惯性中，我看到了繁荣的理由。

没有什么锁能够锁住天的天空，星星的眼神闪耀，在天意的高深里，人间的心如果莫测，仅仅是一棵树和另一棵树的关系。

在叶片纷纷跌落的季节，我相信只是春天被揣在树干的怀里。

天意难违，花蕊是春天的耳朵，春风在耳边娇喘，身处暂时的冬天，还有谁愿意让自己继续冷若冰霜？

让我安静的是这个字。

让我激动的是这个字。

让我怀疑与恐惧的是这个字。

也是这个字，在初冬的夜晚鼓舞了我。

我将笔蘸满浓墨，在夜的胸脯写下天。

写天的逻辑与它永恒的注视。

万物必将欣欣向荣，你我也终将各得其所。

我们一起研究天的学问，它是天的思想，也叫天道。

2018.11.7 凌晨

立 冬

谁给今天进行命名？

谁把冬天想到了别处？

冬天的形式里，什么样的内容会让人不寒而栗？

岁月悠悠，人们面对季节的拷问，怎样的回答才算

正确？

北风呼啸，三角梅依然开放在心中。

天寒地冻，你我互相找到了暖流。

陌生人，行走的人，请记住生活的名字。

立冬时分，你轻呼温度，生活就会暖起来。

2018.11.7 凌晨

猴戏庄重

——观戴卫同名画

猴子的故事远不像人一样复杂。

比如人生苦短，因为人生必须浪费。心智和力量，一辆洒水车要劝说多少尘埃？

背后站立的提防和前途中的障碍，人生是否注定要在时间的刻度里删除数不清的漫漫长夜？至于元吉戏猴，我认为是猴戏生动了人类。

猴子的世界没有禁区，桃子熟了也就是桃子，桃汁如蜜，苦涩的内容是否应该退避三舍？

我从来不相信世间真的有彭祖存在，我只相信人类总要有一种希望属于永恒。

浊浪一直滔天，而必要时的无为与胸怀的辽阔是不死的精神。

一棵树和另一棵树的距离，没有天地之别，没有不可逾越的高度，猴子只需一跃，树与树之间的理解是森林互相的尊重。

寿者有德，猴戏庄重。

当我对着一幅画触景生情，我已经决定放弃作为一个人所需要的演出，我要猴性十足。

那些率真的，才是真正的永生。

2018.10.2 凌晨

异　客

向远处望的时候，土地辽阔。

说起距离，人生正遇到新的陌生。 你走向远方，就是异客？

什么样的千山万水才能赶上你的心跳？

这跳动的爱注定你不会轻易地自外于世界的每一个角落，你是花园的主人，是园丁。 你不会因为天空的大而忽略一朵花和一叶草的小。

异客的感觉缘于篱笆的不断涌现。

小鸟的嘴衔着主权任意地飞，当主人是鸟的时候，你发现自己无论走到哪里，你都是异客。 你要做弄潮儿？

你是茫茫大海上的异客；

你愿意去拓荒？ 你是鸟眼里的流浪者。

可是啊，你看到鸟再次飞回，它是否上次飞走的那一只？

候鸟追随温度，它不是土地的主人。

当你怀揣温暖，哪里能够让你冷？

异客，土地上流动的新生力量。 他们所到之处，请称呼他们为亲人。

2018.10.23 凌晨

额尔齐斯河石头上的思想者

伙伴们走得更远。

我却在近处河水里的一群石头上坐下，我有自己的借口：我看到了一层涟漪，就知道了本质。知道了本质的人用懒惰省略了更长的跋涉。

他坐在石头上，河水湍急。

一切急迫的都是我反对的，思想者摆出第一个姿势。

我吸完一支烟，把烟蒂放在我准备好的铁盒内。

对急迫的单纯的冲动的事物，你可以让自己慢，但不能污染它们。

忙碌焦虑已经很久了，在这遥远的地方，在一条河的故乡，我要做一个思想者。

不需要它发挥作用，人间红尘滚滚，不知所措的时候，我发现自己成为思想者。

走了三千里，只为河中石头上的一坐。

额尔齐斯河继续北上，我呆在原地。

思想者安静，他终于没有越忙越乱，没有慌不择道。

2018.10.9 凌晨

邛海之月

看着细小的邛海之浪搂着月光向前涌动，我知道自己不能对着天空的月亮轻易感叹。

这苍茫的皎洁昭示这座古城即使在夜晚，也天事清明。

所有的人夜里望月，他们都为乡愁而来?

邛海上空的月真实得如此彻底，它让人一边独怅寥廓，一边想腾空而去。因为，每一个人的一生必有一些记忆属于蹉跎。

邛海之浪搂着月光，夜晚，月光在人间低语。

这带着光芒的语言，蒲苇和芭蕉听到了。

水面的鸟听到了，它们在水浪间叼起一缕月，你看，邛海之月竟然可以如此具体。

2018.11.21 凌晨

大凉山

被这个苍凉的名字包裹严实的土地，我看到山峰美妙凸
起的部分。

向上注视只一会儿，就能在曾经的雪线上方见到神的
光芒。

而一切都起于山脚，湖水里最清澈的部分，在初冬的风
中缓缓开放成，一簇簇比雪莲还要纯洁的浪花。

如果望向邛海中央部位，阳光此刻最暖。

湖水，心肠柔软而温热。

这像我们一生中最重要的那个人，也是我们生命中必须
遇到的人群？

2018.11.20 中午

与螺髻山脉耳语

在离神最近的地方，我决定今后我的生活要删除下面的词语：谎言、虚荣和肤浅的幸福。

雄鸡在悬崖边缘跳舞，彝人给远道而来的客人唱歌。

生活就是要这样啊，歌声唱不到的地方，群山起伏的皱褶里那些卑微的事物，它们继续成为螺髻山脉最神秘的内容。

万物因此有灵。

山脊上清淡的风，是我的表白也是和大山的耳语。

2018.11.20 夜

玛 牧*

从一开始，就应该给人性以河岸。

自由的河水，到了后来，生活证明了它丰富的可能。

呵护一地如玉的月光，现世的双脚因为沾满泥土，就可能玷污人性的圣洁？

在彝人的文字里，我读出甲骨文那种楔性的写意，写人长大后的规矩，写人一生只能选择的忍耐、宽容和善良。

感谢玛牧的行为准则，虽然经历了诸多的人生风雨，因为彝语的陌生，我反而巩固了自己对人性结尾时的信念。

玛牧如水，生命岂能没有温柔？

玛牧如山，人的自我承诺需要向彝人学习。

玛牧如神，人的修行一直在进行，所以我们不能让眼前的惆怅干扰更长时间的人生。

* 《玛牧》，彝族人一部劝喻经典，教人以善，以积极向上的态度面对人生。

2018.11.21 夜

湿地气质

阳光热烈的副作用：湿度走远，干燥留下。

你以为湿地只是一种环境？

一些土地，上面生长的事物只是被生长。 出现了一个生命，另一个生命接着到来。 我在湿地找到的关于事物的从容，谁能想像到它的象征？

象征尊严和爱，象征自由和平等，象征自然的法则和一视同仁。

湿地坐落在邛海，多么幸运啊，我是湿地里的一个存在。

2018.11.22 凌晨

拿去吧

一首彝歌《拿去吧》，让我的泪打湿了歌词。

如同花不能被所有人采撷，慷慨有它特定的方向。

歌手唱着拿去吧，财富和荣誉，拿去吧，如果需要，连同我的生命，皆可拿去。

早就知道人生是空，我努力用汗水、劳动和无私去填满。有人来取的时候，我擦干眼泪，没有什么属于我，拿去之后，我就只是我了。

我之外的一切，来拿吧。

只是不要横冲直撞，不能动用第三方的武器。

我给予的本来就是你的，我本来的心愿就是这样。

山峰把爱情给予鹰，我是彝人，我把我的真诚给你。

2018.11.21 夜

皈 依

——致兄长

我彝族的兄长，千山万水之后，故乡就在你的背后了。
从一个城市到了另一个城市，社会的要素如网。
你心中的鹰，鹰双翅上的日月，它们是无人处的能量。
离开故土时来不及说的，就是未写出的母语。它们写
的或许是豪迈自由，或许是本质和素面朝天。
城市的杂音多了，心跳依旧如同胞敲击的鼓点。气流
连接了山谷，内涵在山谷从容。
我用那片天空的纯粹向你致意，天空下缓缓流动的是白
云、飞鸟和永恒的皈依。

2018.11.22 凌晨

大凉山上空的鹰

没有鹰的存在，我们如何对付地面的鼠狼？

它的双翅意味着飞翔，左翅是山右翅是水，头颅内隐藏着天空对地面永不放弃的观察。

大凉山的鹰，阳光下快速移动的影子，飞翔的方式也是现实的测量。

测土地上已经繁荣的面积，测依旧被荒芜的或被错误使用的山河。

鹰击长空，榜样的力量无穷。

在大凉山，我久久地望着天空的鹰。 俯冲，那是看到了硕鼠？ 上升，地面上那些令人惆怅的细节终将模糊。

鹰的速度不仅是翱翔，它也会静静地站在山石上，不管为了什么，它需要慢慢地观察。

感谢大凉山上空的鹰，它有效地开导了我。

玻璃如果碎了，只是成片的光明变成了零散的星星。

在鹰的眼中，它们是地面上发光的事物，是破碎后也要不屈不挠坚持的生活。

鹰，高处的神明与低处生活的联络员。 在大凉山，我和它接上了头。

2018.11.23 凌晨

冬夜私语

我也很想是那片叶子，时间一到就落下来。

冬夏之后，新事物在泥土中的努力意味着怎样的消息？

可是，挺直的树干害了我。

风霜雪雨是正常的，素面朝天的坚强是必须的。

候鸟们委托我留守在不能放弃的家园，我心底也想呼唤

温暖呀，但我忍住不说。

即使肉体被冻坏也比流浪好？

即使孤独也不能落叶那样地消失？

那么，我就接受并且聆听。

接受冬天太阳的意义，聆听万物被风递过来的倾诉。

我是最后，是永不发出的叹息。

冬夜，这样的崇高如酒。

对窗，和自己的影像把酒。

桑麻犹在，心爱的人是白雪公主，我知道自己永远不会

成为矮人。

2018.11.27 凌晨

约 定

慢慢地，闪电的舌头会濡湿天空的唇。

那时，我以春风的方式和你相遇。 拳头在冻土上敲击，如红铁在铁砧上被击打后的火星四溅。 时代的干燥不会龟裂我们心中的湖水，童话的海绵里一切应有尽有。

握紧它，花斑蛇会游进草丛。 而我们是鹰，是龙，可以飞可以腾跃。

闪电的舌头会濡湿天空的唇。

我也可以用更加现实的方式和你相遇，我是一棵草，你也是一棵草。 春雨一下，我们就会变绿，满山遍野的都是我们。

2018.11.29 凌晨

励　志

孤独是高尚者的身份证，而无人处的叹息是坚强者的良药。

准备好一颗温暖的心走进严冬，在冰的背景下，阳光做着生活的广告。

在孤独和叹息之后，我以一个真实的人的名义，在冬天的隧道前行。

把冬天走完，每一步都是艰难的？

接着走，冬天之后，冰雪就会变成往事。

励志的人其实内心焦虑，唯恐春天已被别人占领。

我相信春天会一视同仁。

白的黑的，它们同时醒来。

如果有善恶，励志的人相信恶的已被冻成僵尸，而好的事物，比如油菜花在田野绽放，蜜蜂在品香。 那些帮助我们继续下去的人间景象，它们是励志的模样，更是我们发现的励志的本质。

2018.12.4 凌晨

山水记

鱼鳞纹象征怎样的人间？ 我的眼里只看到一个普通的黄昏。

那些轻言黄昏为挽歌的人，请相信天空有一条会飞的鱼。

鱼鳞组合的幻象，一些是精神的饥饿，一些被爱拒绝。

生活如水，鱼岂能主动上岸。

权利的高效使用，应该考虑一棵树正在遭遇冬天。

用草绳围住躯干，或者把它装在套中。 温度只许进来，任何有益于生命的，一点都不能少。 鱼鳞纹暗示着山水。

一片鳞搂着另一片鳞，山水不能分裂。

平坦与起伏，山水如上帝，一生只能对它顶礼膜拜？

2018.12.11 夜

战　国

每一国的边境都有烽火台。

不再口吐莲花的人，用预言点燃烽火。

智者的车辙下，万草匍匐。那时的二元论简单：危机四伏或者欣欣向荣。

因为处在战国，王者不敢任意妄为。管弦暂停，如果需要旋律，炎热的夏夜，纺织娘的合唱意味着最好的欢乐颂。

清风把书页在四野自由地翻动，每一个字都是一颗心。

江山是一本书，内容是否精彩，智者说了算。

我是一个智商不高的人，所站立的这块冻土，从战国开始生长过荒草、谷物、玫瑰、高粱和向日葵。

如何将土壤做旧？

在战国年代，版图林立。

一个书生，一边读书，一边认真地爱国。

2018.12.19 凌晨

冬夜，需要多走几步

北风裁剪着夜色，习惯子夜散步的我，感受到冬天不大不小，似乎非常合身。

多走几步，身子就会暖起来。

绝不被动地静止。

生命的体温在北方的寒冷中依然有效。

那些不冷的事我一件一件地想，那些温暖的面孔我一一重温。 尽管风在树枝的琴弦上拉响尖厉，我想告诉所有人，我心率正常，没有恐惧和颤抖。

在黑暗的内部，心要主动地坚硬？

而且，要一点一点地前行。 待我回到温暖的书房，我将把这次冬夜的散步总结成一条人性的隧道。

是啊，只要多走几步，寒冷就会在外面。

只要自己的身体没有因冷而僵硬，生命的通道就会长过冬天的黑暗。

2018.12.29 凌晨

平 原

把眼睛闭上，尽管行走。

不用担心自己会摔下悬崖，当地理如此，你怎能不怀念平原上的故乡。

你后来生活的城市离山也很远，起伏、深渊和阻挡未来的峭壁却经常成为折磨你的词汇。

要做一个如履平地的人，你设想着一个山头，杜撰一面旗帜。 只要做一个英雄，一切就都可以藐视？

这一天，英雄和我把酒。

他愿意用十万座山峰，换来一亩平地。

三分地搭建茅舍，三分地生长日常的瓜果，三分地搭建假山，假山的意义在于从此空山无语。 最后的一分地，栽竹。

英雄读书，北风吹来，让书生的节气掷地有声。

我平原的故乡，鸡犬在稻花中安宁。

太平，就是这样

远高于跌宕。

2018.12.30 凌晨

岁末，湖边看冰

2018 年最后一天的下午，我在湖边看冰。

零下十度的环境让冰做代表，波浪的心被稳定。

彼此挂念的人，请来这里。

我们一起荡开双桨，记忆中的湖水多么柔软透明，如果怀念青春，在又一个岁末，就盘点那些被我们浪费的水。

蝌蚪、小鱼和水面的鹭鸶，生活一边寻常一边真实。

双桨在歌声里神圣，那时，我们拥有崇高的理想。

现在，结冰了。

冰的颜色同化了我们的鬓角。

当波浪有了硬度，我们将往事含蓄，听风进行着冰的解析。

我用力地把一块瓦片扔向冰面，人生只需在冰面上一滑，就会到达彼岸。

我决定不唱老歌，只认真注视结冰的湖面。

2018 年的岁末，经过研究，我的结论是：冰也是水浪的一种形式。

2018.12.31

静　守
——新的一年感怀

新的未来依然有未知的词汇：生机勃勃的条件、寒流消逝的日期、苦难减少的规模、蝴蝶飞舞的姿态、蜜蜂劳动成果的存储，最重要的是事关人类的希望。

整个下午，我在日蚀的条件下看冰。

柔软一生的湖水穿上坚硬的铠甲，水都硬了，所以，临水而居的我是否只能内心坚定？

坚定地相信一切不利于生机勃勃的条件终将无效，把桃花、油菜花开放的时间定在两个月后的三月，寒流如果没来得及撤退遭遇暖流就是下一次的春雨，苦难被生命幸福的本能击败，蝴蝶飞出空气的形状：自由而优美，蜜蜂的劳动受到人类认识论的保护，至于希望，万草萌芽，俯拾皆是。

我的静守是万马奔腾。

我的静守是鸦雀无声。

让一万只手的索取为静守式的拥抱而羞愧；

让一定会到来的冰裂的声音证明静守的意义；

一切复杂的蹉跎我都不听，不以静守去殉道，希望将扑面而来。

2019.1.6 下午

伤 害

许多时候，我以小草自况。

脚的践踏我都已经忘记，草枯草荣，土地上重要的事物
很多，被踩倒后最多再努力复活。

"如果骨头被踩碎，从此再也不能站立？"

这样的声音不仅仅由小草发出，足音纷至沓来。

刚过去的这个下午，我走过一块草坪的斜线，小草在我
脚下是那么地柔软，而且，我听到草茎断裂的声音。

无数受过伤的人，都对世界行使过伤害？

这个季节，小草已经泛黄，只待一场霜，它们就会失去
生命的绿。

我不能是它们生命里最后的伤害。

道路由脚说了算？

我是一个不会让脚去承担责任的人，因此在夜深时
内疚。

为了所有那些被践踏的，我要把路走正。

2018.12.5 凌晨

诘　问

湖面结冰了。

湖水的态度开始坚硬，谁还在回忆它曾经碧波荡漾的柔软？

季节变化，人生无常，柔软了多时的湖水不再呢喃。

冰面上，灰尘和落叶让湖水蒙垢而活。

往事充满着波浪的弹性，野鸭凫水，我记得它最初的抒情。

那时的一切仿佛我的青春。

如今，我表情古板。　湖水结冰后，我的生活将越来越现实。

晚阳倒映的模样不再是光芒的蜿蜒前行，冰面上的阳光仿佛发出脆裂的声音。

这个冬天，我要开始现实。

最后的柿子留在枝头，乌鸦或者喜鹊，谁是柿子的主人？

在冰的边上，难道我从此真的只能心硬如铁？

2018.12.8 凌晨

对酒的答谢

一壶酒之后，我，还有世界，就都是酒的背景了。

心跳肯定加快，岁月的理智早已覆盖了一般的激动。

本性或者本质，谁不被它们遗弃谁就真正地活过。

美人吐气如兰，英雄气出如酒。

五湖四海的水，天下粮仓的谷物，人间热气腾腾的温度，它们是酒！

我和人群一样，如果顺利地活着，把失去自己称作忍耐；把放弃斗争修辞为学养。 是啊，曾经一掌碎石的勇气已被皱纹的绳索捆绑，在子夜，唯一的怀念方式就是独饮。

笔尖的光芒写在黑夜的胸脯，酒后，我因此看到了星星？

如果多喝一壶，黑暗累了，我却可以甜美一梦，谁将是我梦里的主角？

呼吸将毫无顾忌，表面文章大可留给那些主持假面舞会的人。

卑鄙的人切莫走近，因为酒后的梦里，我如果出拳，将不知轻重。

2019.1.10 凌晨

祝酒辞

朋友说，喝吧，多喝几杯，我们一起长睡不醒。

长睡不醒后，未来的日子是别人的生活，却是我时间的故居。

我说，我现在还不敢醉，因为我必须给树修枝，给花浇水，给人以祝福，给生命以意义。

是否到了一定的年纪就会伤感？ 是否风雨多了之后就会叹息？

一醉是可以的，当万物不休，我也不休。

懦弱是疾，叹息是疾，中途掉队是疾。

有一天，当我不得不休，我想无疾而终。

就是说，人们看着我的背影，说：他有人的骨头，他的勇气让叹息检讨，他始终抵达了目的地。

这是祝酒辞，也是多年后我的墓志铭。

2019.1.13 凌晨 仁怀

劝君更尽一杯酒

让一杯酒通畅我们的呼吸。

困难应该被模糊，酸甜苦辣的味道留在生活的第一现场。

银河的水加上星光的透明，比人的体温高上十六度的演说，这是生命正确的解释。

还需要别的劝酒词？

大江大浪也只不过是最后的水，酒的基础如同河床，爱在安睡。 当酒意上涌，体内有波浪的声音：我爱人生如此苍茫。

劝君更尽一杯酒，人间最难真豪迈。

2019.1.14 凌晨 仁怀

画中的内容，我信
——观戴卫画《持扇图》

每一个男人是否都会这样憧憬：你们有敌人和痛苦，而我，有安静和知己。

岁月中总有一些时候被落叶砸痛，手心里攥着的汗，约等于沧桑时的泪水。 人群聚散，你不敢大声地说出红颜的名字。

一幅画安慰了我，执扇的女子轻轻一摇，风云的味道就不再充满火药；她一旦颔首沉思，所有的豪言壮语将立刻沉静；她拒绝山河的承诺，她知道等待是必须的，最后的力量需要认真地等。

等我的人在春天，我却走向冬季；

我等的人在暖阳下，我却呆在黑暗中孤独。

当热烈的修辞成为生活的必需品，懂我的人喃喃自语：世间犹存抱柱信？

多年后，不管生活欺骗了我，还是我怠慢了生活，我会这样概括：我见过一幅画，画中的内容，我信！

2019.1.24 凌晨

生命的痕迹仿佛一砚之墨

——观戴卫画《东坡玩砚》

每个人的后来都会留下许多内容。

一砚之墨，柔软的水从坚硬的石头上流，这可以解释为石头的态度和人性本来的湿润。

如同水出深山，它可能流经的地理有：庄稼地、郁金香盛开的田野、荒漠、瘴气集聚的段落、需要披荆斩棘的人迹罕至，也许简单如康庄大道。

对应的生命特征是：播种就能收获、温柔的抒情不会缺少鲜花、不得不面对的紧张空气、有一些生命注定是开拓者或者烈士，另外有人只需长鞭一甩，马蹄踏响春风，啊，他们是得意的人。

在文字还未书写之前，东坡玩砚如占卜。

墨浓墨淡，无非实与虚。至于饱满和缺失，字体的丑俊，那些都属于各自的修为，也叫命运。端、歙、沉泥和易，东坡抚摸它们，心爱的人各有其名。

说起砚对文字的要求与祝福，人生不妨一玩：玩得心静如水，玩得安步当车，玩出一生高洁，玩出大义凛然和气吞山河的豪迈。要认真研墨，墨汁够用就行，不浪费给卑鄙，不用多余的墨去抹黑别人。

2019.1.25凌晨

除夕的最早纪事

加上明天，减去欲望；

乘以爱情，除掉怪力乱神。

农历的今天，名字深刻。 世界生病了是夕，事物曾经的憋屈是夕，唯我独尊和刍狗是夕。

我通过无眠的方式早起，想在太阳升起之前，在一张白纸上写下：除夕！

我多么想挽留住已经过去的每一个日子，时间具体成集市上的供给和需求、田野里的播种和收获、人脸的喜悦与悲伤、海洋的汹涌或者平静、一次冒险、一次握手并拥抱，以及频频发生的送别与迎接。

我想挽留的还包括：再多一点点宽容，沙漠就会被感化为绿洲，抑郁的表情将被调换成豁达从容，面包就要送到饥饿的人手上，那些走远的人很快又折身返回。

我的除夕，从一杯红酒开始。

往日不可追。

今日可纪念。

明日是初一。

一生万物的秘密从酿制出这杯酒的那个葡萄园里寻找，一杯酒仿佛一串葡萄，一粒葡萄在朝阳升起时就是明天的一只眼睛，眼睛里带着露，未来晶莹。

我再一次在白纸上写下"除夕"，谁能想到我会把纸片点燃。 历史不虚无，但未来更需要火焰和燃烧的力量。

2019.2.4 晨

人间的地形只是希望的田野

什么才能让生命的地形平等？

你说是死亡。

我想说的却是希望。

当春雨如酒，冬天空荡的杯子被斟满，我们能否先不说结果，只喝了这杯酒？

豪情来了，地形会升高万丈。

你坐在万丈里，看春雨的作用。麦苗会长出骨节，油菜将挺直腰杆，不久，装满人间杂念的头颅就会变成一片花海。

你是爱花的人，如果死了，你将永远在万丈之下。

关于地形平等的叙述，我请蜂蝶出场。

一些人是另一些人的深渊，蜂蝶们却飞翔从容。

我们确实是人间的另一些人，竹笋是地形中向上的力量，蜂蝶寻味飞翔。

希望，它是春天的好味道。

一切起伏的和沦陷的，包括寒冷的和温暖的，最后的地形属于希望。

希望如酒，你一杯我一杯，豪情一来，希望不死。

让人间的地形，只是希望的田野。

2019.2.22 凌晨

安静是最可靠的气势

——观戴卫画《气如兰静》

叶如剑，一种态度果然长出底线的模样，它叫兰。

把喧闹的环境坐成空谷，在酸甜苦辣中呼吸自由。 一
吐一纳，气，可以不去如同长虹。 其他的味道省略，
我们只记住一个哲学——香。

兰花，是如剑的叶片上画龙点睛的那部分。 是风雨如
磐之后依然沉着的世界观。 是别人聒噪它对安静作为
一种真正力量的理解。

与兰坐在一起，人间浊气会缓缓净化。

当风吹来，叶舞若剑，我们把有态度的兰叫作气节。

气节如果有效，日子的味道便不再五味杂陈，它只是安
静的香。

爱恨情仇和主动的奋斗，它们都弥漫在日子里。 兰，
它勇胜三军，它总结了殿堂也总结了江湖。 它不出风
头，它从容地自由呼吸，它最发人深省的武器是：坚定
地安静。

2019.3.4 凌晨于泉州未来园

未来园

春寒料峭时，我在南方一个名叫未来园的地方住下。

候鸟终究要飞走，因为北方也在暖起来。

它们把往事里的冷扔下，从未来园古树的枝头，飞向它们的未来。 我留下，看雨。 雨一来，未来园内的树梢上就流下春水。 而风一吹，波浪仿佛爬上树梢，一个乐观的人，把这一切看成是风调雨顺。

让雨水去预言今后的日子。

我想告诉你们未来园的具体环境：

国家的东南方，一座小山的东侧，一排半个世纪前工人住过的房子，几棵在别处孤独多年的老树，一块石头上刻着朋友的诗，一个兄弟用来安慰大哥的花园。

2019.3.6 凌晨 未来园

黑暗中的幸福指南

——观戴卫画《引福归堂》

看来，必须要向蝙蝠学习。

眼睛无效时，环境的具体构成让耳朵去听。嗅觉和双翅的振幅代表警惕者的灵敏，绝不轻易地四处碰壁。

对于特定的生命，阳光生动的光明似乎是一种奢侈。

站在寻常的庭院，开窗敞门，用手语和蝙蝠接头，蝙蝠入堂，我们中间的谁破译了幸福的暗号？

一生都在期待幸福的人啊，像蝙蝠那样，能在黑暗里自如地飞。否定暗无天日的感受，泥泞、崎岖、南辕北辙、功败垂成，这些都已被思想者体内的光芒精准扶贫。看蝙蝠飞翔，所有的方向都是幸福的方向。

黑暗中的幸福指南：眼睛里的现象不一定就是本质，孤独者的生活信心有时要靠听，逼仄的空间也能让自己拥有翅膀般的自由，至于嗅觉和味觉，对别的味道皆已失灵，蝙蝠一飞，幸福闻起来就只是甜蜜的事业。

2019.3.7 凌晨 未来园

073

明天是最好的永恒

流线在蠕动，蚯蚓在黑暗中努力。
土壤被蚯蚓消化后，地面上排列着一个又一个圆圆的
句号。
在未来园的十几个夜晚，多数时光被雨水打湿，只有屋
前的杧果树告诉我它们将开花的信念。 将来的杧果，
你们是我忍耐黑暗之后椭圆形的希望？
雷声之前，天空上演着闪电的裂痕。
雨水团结在杧果树的根部，蚯蚓在地下劳动，我在未来
园独自地理解未来。
未来的敌人，会向杧果投诚。
今天将被纪念，明天是最好的永恒。

2019.3.11 凌晨于泉州未来园

悬　置

在悬置之后，半空中的树根逐渐变成暗淡的闪电。

喜鹊筑巢的枝叉和微风中沙沙作响的叶片被埋入地下，

当繁荣感受窒息，花朵与果实如何预言明天？

命运、逻辑和人间的沧桑，我要认真地想。

合适的锁把守好心灵之门，握有钥匙的人才是正确的访客。

我所担心的这棵树，以本末倒置的模样在自我试验。

逻辑的合理性和生命沧桑的关系，它也许在牺牲自己后，用干燥的树干将教训说成历史的风声。

根是活着的基础，树冠向上，绿色的叶片应该等来繁花、朝阳和黄昏中生动的蝉鸣。它应该永远控制局面，根本不能动摇，更不能悬浮。

一个人的一生，总会有某个时刻以树自况。

一个人的一生因此会遭遇倒置，或者安全地枝叶繁茂，并且开花。

然后，蝉声嘹亮，喜鹊闻香。

2019.3.19 凌晨

与鳄鱼说

让鳄鱼激动不已的是无数小动物活力四射的身影。

河流是土地的本质之一，河畔的现象如果正常，应该包括鸟兽、家禽和成熟后必然走进粮仓的各种庄稼。

鳄鱼是平衡的破坏者。

它的嘴一张，就会有小生命失去生命。

它的耐心和伪装能力成正比，趴在河泥中，仿佛河泥的一部分。 它可以紧闭双目，河畔的小生命似乎与它无关。

宿命的威胁正因为感觉上的无关，河畔总是安静祥和。

鳄鱼的技术在于：它让小生命从不呐喊，这些小生命在它的腹中呢喃出最后的呻吟。

走在美好的河畔，我要做一个带刀侍卫。

假如鳄鱼吞噬了我，我要剖开它的腹。

我对鳄鱼说：这是我的一次度假式的游泳，而且，河畔只能美好。

2019.3.20 凌晨

防范不良后果

让落叶重返枝头？
一棵树的枝叶繁茂确实是人们经验里的常识，你们同意
我的方法论？
再给这棵树一个春天。
斧、锯和简单的判决，是对这棵树进行冻结。
天气萧条，曾经繁花的真实和它的坚持，甚至它春天里
爱的态度，都输给了人性法庭的轻率。 骨头和血肉，
需要冬天与春天互为知己。

2019.5.4 凌晨

非常时刻

闪电是夜空中发光的伤口，是风云碰撞后必须怒吼出的
图案。
祝福这块土地啊。
大雨注满河流，滚烫的物质在人们血管依然奔腾不息。
每一粒谷子都是祖先的成果，每一朵花都在唤醒长眠的
烈士。 我从每一缕风的胸牌上读到从容和自由，这是
一片深刻的土地，长风，浩荡着前进！
夜空里的一切形式，仓廪里饱满的内容。

2019.5.14 下午

海浪如鞭

与黎明时天际线平行，海浪纵向看上去如同白色的
长鞭。
温柔的一鞭，粗暴的一鞭。
被抽击的是海岸。
黎明之后，它将醒来。

2019.5.15 凌晨

实　证

云的本质只是雾的浓缩。

长风直入时，也正是真理所选择的路径。

为了证明死亡的引力不是万能，我想走进混沌，想发现光明的对策在于曲径通幽。

曲径淘汰了许多行人，通幽让黑暗已久的人失去了耐心。

在与真理会师前，死亡的深渊既是必须的经历，也是人们宁死亦要完成的跨越？

我是混沌中第多少只蝙蝠？

眼睛不妨是身体的虚词，世界的真相挂在双翅。 如果说起我们的人生，不管一枕黄粱还是春风得意，我们只管Z形地飞。

飞吧，飞过浓缩的雾，飞过死亡的引力，每一种路都是最好的美学。

2019.5.28 凌晨

断　句

我也有暴力，如同温柔的水一下子就站了起来。

这些年，我考虑最多的是，怎样管理好自己的暴力。

落花无法对抗风，大人物无法改变规律。 棉花那样地软，花椒那样地麻木。

假如再发生巧舌如簧，我自己咬断舌头。

见风使舵、明哲保身、唯唯诺诺和口蜜腹剑。

祸起萧墙兮，正如一切的开始，必在言语中先行。

2019.5.31 凌晨

关于乌云的比喻

双手把乌云压紧，一块老黑茶在天人合一中诞生。

雷声之锤，闪电之火。

天河之水，人间好茶。

厚重的烟火味道，迢迢路途的风尘仆仆。

一饮，风云看惯；

再饮，何谓委屈与沧桑?

独饮，个人现实主义的良药；

共饮，为乌云找到了合理的解决方案。

2019.6.18 晚

快与慢

——佘山漫思

在上海，磁悬浮无疑是快的。

外滩和对面的建筑，它们向上生长的速度是快的。 内置着上海人目光的外墙玻璃，它们从太阳那里接收日常生活所需要的五颜六色，它们是人们目光的急先锋。

江轮的鸣笛声是慢的，从前还没长大的孩童吹响的海螺号是慢的。 一般情况下，江水的流速也是慢的。

我对上海真正的喜欢是因为松江。

地理上的缓慢起伏让我发现都市所需要的态度的从容，佘山不峭拔，它的高度正好既不脱离群众，又拒绝孤傲式的高高在上。 亿万年的崛起，它一直清醒油菜花和稻谷是珍贵的人间烟火，这大概解释了它拒绝快速的升高。

而且，熙攘的都市人群里如果有人感到复杂，就选择佘山的一个坡，慢慢地提高自己，站在佘山的顶处，就成为慢悠悠时光老人的弟子。

佘山，我在你的身上看到哲学的有效性。

一切的生机勃勃，背后都站着缓慢和从容的力量。

2019.7.6 晚

兰笋山

美人和英雄结合得最好的地理，古人说过的名字，是我今天具体的实践。

个体的幽香受到如剑的叶片的拱卫，美人，谁能活出一株兰的内涵，谁就找到了自己独立与尊严的武器。

而笋，黑暗中的奋斗以及刺破一切压迫的勇气，这是否意味着英雄的精神？

美人不能被辜负，如同英雄一去总能再次回来。兰笋山，你从历史的叹息中崛起，你是我一直寻找的美好的启示。

我是生活中一个随意的游客。

兰笋山的意义却非常严肃：热爱生活的人，每一个细节都是兰花那样的美人；努力向上的人，每一步都是把沉重的压迫踩在脚下。

兰笋山，美人不怨艾，英雄不孤独。

2019.7.6 夜 上海松江

秀道者的两种诠释：以塔为证

一位名叫秀的道者，抑或致力于彰显道的人。

塔如花，道对人间的作用就是简单的绽放？

当我认为佘山有道之时，道的具体表现便是我眼前的一座塔。

秀道者塔，无道和失道是我们生命永恒的警惕。 我赞成道的效果，它是每一张脸上的喜悦，是蜜蜂对花朵的热爱，是一座山峰上站出一个人的高度，是每一个人不丢给另一个人的尊严，是以塔的形式清醒生命意义的感叹。

佘山不高，有道为人间的上品。

所有来过佘山的人，我们一起以塔为证，人间正道其实个头不需要很高，超过一百米就行！

2019.7.6 晚 上海松江

山脚下的书店

选择一个书店，把自己变成一本书，安静地等待一个叫懂的人来阅读。

在山脚下的书店，登山前和下山后要读完两本书。

一本是散发人间墨香的有字的书，作者是古往今来的人类先贤和我熟悉的与陌生的邻居。

一本是无字的，在酸甜苦辣咸和爱恨情仇的味道中选择你认定的唯一。

叩问本质和真相的人，解决现实的空气中对文字蔑视的灰尘，先从尊重这个山脚下的书店开始。

然后，低缓的佘山才能相信你登高的可能。

然后，你才能知道好兄弟徐俊国认真地推荐这个书店的理由。

2019.7.6 夜

广陵散

黎明前，一边独饮，一边听琴。

从落叶到新的春天还需要走上几步？ 古琴的态度一贯是尊重历史。

聂政刺杀了韩王，嵇康的生命在抚琴后被总结。

好一曲广陵散！

目标怎能振臂高呼？ 它只是琴弦一样安静的线索，灵魂之手拨响的是强弱可以转换的提示。 当清醒命运无法自由书写，不如自己抚琴，激越或者低缓，任性的人，自己给自己送行。 广陵散，多少爱可以走出禁忌？

广陵散，多少恨即使说出也无效。

不如把酒，不如焚香，不如让曲言志。

再望向窗外，天已经大亮。

今后，谁也不要说：历史如谜！

2019.7.22 晨

我和希望互为补丁

你是我衣服上完美的补丁。

我穿习惯的衣衫被生活正反两面地磨，衣服的漏洞也是我自己的漏洞。

但是，一想到你，我的希望，你修补了我岁月中破损的一切。

每当我认真地审视生活，我总看到那些把希望磨损得千疮百孔的元素：委屈之后的沮丧，深爱之后的仇恨，劳动者被夺走的丰收，雷声隆隆而终未唤来的雨水，洁白的手绢在人心上擦拭变成人性的乌云。希望，你平滑的衣襟上洞一样的破损，应该是怎样的惆怅？

我和希望互为补丁。

千针万线的实践包括母爱那样的慷慨，一丝不苟的坚持，不当主角只做补充的胸怀。

我是希望的补丁，补丁是我的希望。

一块朴素的补丁，是对付生命中绝望的战略。

2019.8.8 凌晨

想到笋的尖锐

一开始，都需要尖锐。

沉睡多年的土地是桎梏也是共识的营养，尖锐的意思是
为了让自己成为应该的模样。

挺身而出，从桎梏中。

未来竹子的根，如同笋的母亲的觉悟。

她放弃自己的出人头地，在黑暗那里要求生长的力量。

后来的竹节像年轻人逐渐强大的骨骼，后来的竹枝和叶
片图解着社会的丰富性。

笋的尖锐有一部分输给了斧的锋利，而它们的根仍然在
继续努力；

躯干的气节有时也不敢普遍的虚无，当竹子的存在过程
被比喻为嘴尖皮厚腹中空，画面上的似锦繁花，必有蜂
蝶飞舞。

事物开始时的启示由竹子的开始去证明。

漫山遍野的笋和顺应时令的雨，它们写下真正的春天。

贪食者、城府者被有效管理。

地面被竹笋创新，尖锐受到鼓励。

人间的形势，风吹竹海，叶片沙沙。

2019.8.22 凌晨

反　讽

我行走的山谷，两侧都是巍峨的高山。

山峰的基础部分属于山谷的外延，清亮的泉水自由流

淌，它是山谷中任性的内涵。

被水击打的石头，苔迹真实。

小胖头鱼试图逆水而上，彩蝶飞舞着引导方向。

我行走的山谷，足音真实。

仰头的时候，我看到山峰。

它们在天空的下面，我的目光轻易就能超越。

任何在地面高耸着的，它们经常被榜样引用。

身处山谷，心如果要高，我就想高如天。

山峰也只是天空下的事物？

人迹可至的山谷，它是山峰的反讽。

清亮的泉水自由地流淌，我寻着水声前行，这一次，山

谷的内涵事关人间的生命。

2019.10.7 凌晨

生活啊，我想向你再要一杯酒

三杯茅台之后，我原谅了自己一切奋斗中的不完美。

让一个男人的味道充满酒，目光可以不清晰，如同冬雨后茅台镇随便一座山的上空腾转的雾岚。

谜一样的往事预言着未来更大的谜。

血液中有了酒，心中就只有一条河流。

人生最大的爱可以在赤水河畔完成，曾经的矮株高粱，是红色的头颅变成今天美酒的精神。 原谅自己所有的错误，只为了赞美世界的美好。

共饮，说明我有朋友来自五湖四海；

自饮，我想搂着山河一起入睡。

一般情况下，酒后我也没有多余的语言。

这一次我想说：生活啊，我想继续努力，只想向你再要一杯酒。

2019.11.25 凌晨 仁怀酒醒之后

有声读物

被表象鼓舞的人，正在接受鲜花。

他从一朵梨花中，虚拟着阵容庞大的果实将堆高整个山坡。

在生活中，梦想属于好消息。

在初冬的北方，我观察着最接近堤岸的湖水已经被薄冰覆盖。

梦想和它的实现，鲜花应该无法证明。

山侧一条石路，硬硬的山核桃砸响了生僻已久的寂寞。

一步一步在寒风中登高的人，他们听到了这样的物语。

我也从不会被鲜花左右呢。

环境中存在许多有声读物，它们的功效或许分别是：安慰、警策和鼓舞。

2019.11.26 下午 元大都遗址公园

海南岛，你是人们冬天的暖手炉

生活总有一些时候我们无法战胜气候，比如冷。

当我把地图前的观察变成实际的飞行和在阳光下品尝椰子的甘甜，我终于明白了祖国伟大的地理的力量。

圆圆的海岛，你是人们在冬季的暖手炉。

一切主观的感受，服从客观的环境。

把手暖起来，太阳是战胜时间的光源。

然后，冰天雪地里的同胞可以从容地握住另一个同胞的手。

冰凌悬挂在屋檐，人性的暖让它们变成滴答的水声。

在海南岛，椰汁代替美酒，它是植物的精神，饮了它，男人不气馁，美人不怨艾。

如果冷的气候实在无法避免，我们就相约在海岛。

暖手炉证明着地理的关怀，祖国的南方永远不冷。

所有能够让自己暖起来的人，请相信南方的天气，时光里的三角梅，每人一朵。

在冬天，向南多走几步，穿过北回归线，赤道就是我们生活的腰带。

海南岛，你就是这样成为我们冬天的意义。

2019.12.4 凌晨 海口

北纬十八度的勋章

——致陵水

高高的椰子树，颈项里挂满勋章。

异乡的和本土的，谁对它仰望并且行注目礼，他将会被授勋一枚椰子。

劳动者和那些刚从寒冷地带走过来的人，甘洌的椰汁是奖赏，更是安慰；

有人要从这里向南再走一百里，倚着天涯与海角，请记住陵水的椰子树犒赏的有内涵的水。 记住北纬十八度的味道，每个人看看这里的木棉、三角梅和紫荆花，这些小风景是生活中常见的爱情。

然后，天涯不苍茫，海角不沦落。

我也是在陵水仰望椰子树的一个游客，我接受了它颁发的两枚勋章。 一枚奖励我曾经流下的汗水，一枚为我准备好了继续前行的勇气和力量。

我还要感谢从陵河水面上吹来的风，植物婆娑，花影美好，这片土地上，时光里的爱总是大于生活中的哀愁。

用不了多久，我就会知道，天涯是一尊礁石，海角是另一尊礁石。

它们都被海浪拱卫着，关于南海的故事，每一道海浪都是一句诗，温柔的诗，豪迈的诗。

如果风再大一些，就会唤醒我体内的檄文。

在北纬十八度，冷漠的人不配接受椰子树的勋章，所有的花开，只为了热爱。

2019.12.6 凌晨

唯有人性不可再被挥霍

——观戴卫画《李逵探母》

这个男人的骨头和血肉隐喻着后来的正义与沧桑。

最可信的忠诚，它应该远离铜号式的发布，它警惕着逻辑缜密的论文。

所有被热爱与被忠诚的，孝，是最初的预言，更是最后的证明。

认真地看这一幅画：母亲老了，心事和慈祥省略了全部的语言；认真地再看：儿子的肩与背必须可以承载土地的逶迤和隆起。

《李逵探母》，戴卫只画母亲的脸和儿子的背影。后来的情节像生活一样为众人所知，他有权让画面静止，任岁月继续向前。

我愿意相信被母爱唤醒的善良将会在人间生生不息，那种路见不平的果敢只是劳动者平凡的日常精神。

热爱与忠诚，唯有人性不可再被挥霍。

2019.12.18 凌晨 响水

钟 声
——观戴卫同名画

如果一条路的前方是深渊，谁去提醒路上的行人？

勇敢的人把预言画成历史的轮回，贵胄和草民一起因为革命而迷茫。

智慧的人想到钟，一切的细节只是时间的日常。 浪漫的人遇到了黄昏，做梦的人被黎明叫醒，自以为是的人一旦下岗，他们害怕见到过街老鼠。

我是生活在童话里的人。

希望提前听到钟声，报告着现实的处境。 路越走越宽多么美好，灾难可以重复，但我总能避免。

麦穗与蝗虫握手，伤疤与痛和解。 世事难料的阶段，谁是敲钟的人？

钟的形状服从需要。 有人说它是口号，有人说是平安无事的歌；有人说它像凤梨，有人说它是被设计好的三百六十度的圆。 有人说它会演讲，也有人说它一般只会沉默。

我是相信童话的人。

我想把人的头颅画成钟，把眼神画出声音。

我把人的心跳画成历史的细节，喜剧时忧患，悲剧时坚强。 当事物温柔，钟声说出最后的真话。

我愿和画家彻夜长谈，画钟声先画心跳，画人民就画他们的脸。 敲钟，敲一下为了活着，再敲，为了不被委屈。

钟声第三次响起时，意味良心、权利和斗争。

2016.1.18 凌晨

历 史
——写在 2019 年岁末

多年前，那时我一定年轻。

一定无知者无畏。

我翻阅历史，只看重驰骋、搭箭和战马的嘶鸣。

一片云，黑里透亮；

另一片云，压城欲摧。

历史，只是人性的未完成时。

我祝福未来那样地豁免曾经的明争暗斗，因为，所有斗争的结果最终没有覆盖才子和佳人的民间需要。

多年后，我经常在酒后发呆。

历史，是我必须每天认真阅读的语言。石头从山头滚落，稗草成为庄稼地的主角，爱与被爱握紧实用主义的手。

如果历史的腋下依然杂草丛生，一个老年人，在现实的凌晨，在酒后，他说：走人间正道，历史原本沧桑。

历史也会腼腆，因为它在希望的击鼓传花游戏中经常落败。

2019.12.30 凌晨

岁末：真理的跳板

我放弃千万道波浪也要站在你的船头，时间中的一个标点，前面的语言是谁书写的关于往事的记录？

人类的墨汁又用去了一些。

一个孩子找到了他的母亲，一个母亲用月光一样的眼神说着太阳的明天。

时间又托运了一批行李。

那些易碎的得到了保护？

那些顽固的遇上的海绵的温柔？

去年的麦子，我记得有人招招手，它们走进了谁的粮仓？

日子摇晃如大海。

一座孤岛，想给时间的海浪断句。

哥哥站在船头，妹妹的名字统一叫作生活。

生活都找到了爱？

岁末，我想让时间迂回。

人间中的惆怅重返热爱，振臂高呼变成播种的古铜色的手臂，态度生冷的劣童在母亲的皱纹里写下人性的检讨。

时间的船头，在大海中只稍事停顿，我是自己的领航者，你也是。

然后，继续向前。

光芒下的海市蜃楼定义不了真正的彼岸。

岁末，如同真理的跳板。

山一村，水一程。

2019.12.31 凌晨

老树皮的两面性

老树皮应该咬紧牙关，一棵树的未来在于它的内生长。
岁月的老脸皱纹斑驳，衣服的旧线头提醒着韶华易逝。
树的内部表现仿佛不知不觉中年轻人已经长大，一些老
树皮因为忘我的慈祥而被人们尊重。 一些老树皮认为
自己就是树。
树干的本质因此就要服从于形式？
抱残守缺和老气横秋结盟，树皮的自觉一定要交给刀斧
的砍伐？
对年轻的生命祝福吧。
过于沧桑与过于经验，这是老树皮的两面性。 而晨曦
终将刺破夜幕，太阳会从容升起。
谁是真材，谁是实料？
生活的用途将会轻易决定。

2020.1.16 凌晨

冬日傍晚偶思

冰面上的夕阳，火红的女神突然光临人间。
怀揣千山万水的人，渴望一支玫瑰。
虎啸龙吟之后的平静，证明爱依然不可代替。
生活之后将仍是生活，古人成为古意，今人却拥有
明天。
安全的明天。
真实的明天。
自然的冰面上，人性的玫瑰在天空下芬芳。

2020.1.30 傍晚

二月的无题

我还是要相信墙垛上的青苔斑驳不了时间，相信青苔之
上更广泛的绿。
我看见风飞跃墙垛，看见太阳的眼角也挂着苔迹，知道
那只是时光苍老后呈现的一点小特征。
当万物必须生长，墙垛不过是时间里荒弃之物，
蔓延的苔癣，仿佛荒弃之物上寄生的爬行。
清明之后，天空会放满风筝。
小如百灵、蜻蜓和鸽子，大如虎豹和龙。
五月的槐花绽放，唤醒了一地的连翘。
它们将漫山遍野。

赞美向日葵的人，会陆续采集连翘，水将沸腾，连翘茶
每人一杯，清火败毒。
墙垛上的苔迹，就是时间里的一次小颓废。
老时间、老日子、老苍茫。

2020.2.11 下午

隔　膜

像摸着覆盖滑石粉的物件，也像是颈椎骨质增生压迫了
神经，手指发麻后对掌中的东西产生出来的感觉。
更好似一个人总会言不由衷。
更多的人因此真诚的虚伪终身。

2020.2.17 凌晨

寻常时光

为了感谢下午的好阳光，我决定给冬天之后的藤蔓剪除
芜杂。
脆断的声音与植物鲜活时不同，干净利落地离开主体，
没有以往饱含液汁时的依依不舍。
剪刀辉映着高处的阳光。
还需要多少剪？
人间的暖天气捂住料峭春寒。
那些看上去脆脆的生命，发芽的发芽，开花的开花。

2020.2.26 下午

继续备忘

失望，加深了我对这个春天的记忆。

一株莽撞的竹子，被砍了数次。

笋在竹子被砍去的地方生长数次。

错误的纵深比错误的重复更错，笋重复地长出，是错误

的顽强，还是生命终将生生不息？

从春天走出，忘却记忆。

更广泛的田野，麦子将要拔节。

做第一支麦穗吧，麦芒上光明细小。

小小的麦穗，上一个季节是什么样的环境已经不重要。

重要的是我虽然失望过，但麦子将在明天成熟。

2020.3.12 凌晨

自　勉

不允许东张西望继续浪费我的目光。

土地深处必有一种力量，它让我向下看。

看过花，看过草，看过庄稼。

看到树木的根须，渗出水的湿润，然后发现地面上的每
一次繁荣，关系一定不能干燥。

今后的我，只说看到与看不到。

不说看破。

向下看，不抬头。

天道在大地上生长，已是五月，新的麦季即将到来。

2020.5.12 下午

老志铭

老下去的时光，我想放在童年成长的地方。

仿佛衰老也是一种朝气蓬勃，感伤变化为青春。

谁再言日暮穷途？ 我就把一个乡村少年喊到身边，他就是走向远方之前的我们。

老下去的地方，荷花万亩。 来的人，大家每人一朵。

都知迷惘因浮尘而生，心事何妨就此如莲。

2020.5.13 凌晨

天　书

风是天空的手臂，挥毫，云迹为书。

涂鸦也颇含深意，俊逸或者厚重，皆是上者给予下面的
启示。

凝神静气后，风止。

云回到云。 白云、乌云，日落时人们眼中的玫瑰金，
幻境美兮。

天上的云，是地面上的人间烟火。

每当我对人间爱得难以自拔，云动，天书于是意味
深长。

2020.5.13 下午

和　解

——观孟祥顺画《卧虎图》

勇士未必握拳，真虎何须长啸？　三两朵野花作证，从容的时光便是最好的岁月。

放弃对山头的占领，绝不是虎落平阳。

趁蒲公英还没有成熟，趁它的花还没有在空气中飘扬成神话，一只虎可以与世界温柔以待。

风云在远处变幻，静卧是眼下最合适的审美。

"我回到了虎，环境回到了温暖。"

人，回到了人。

在凌晨，我观画中的卧虎。

画家让虎的长啸沉默，我想让百草在任何场景下都能欣欣向荣。　最寻常的事物，富贵不淫，威武不屈。

每个人的体内是否都有一只猛虎？

我想与它互相和解，互相成就。

2020.5.30 凌晨

阴与阳

医生朋友劝我多年，要阴阳平衡，要把作息规律如常人。

是的，夜晚是阴。

雨天是阴。

我经常在凌晨三点后独坐，一个人喝着红酒。紫葡萄不抒情，紫葡萄一旦变成酒，就有了阳光穿透万物的光芒。

我想到自己多次在南方时的经历，连日阴雨绵绵。走在雨中或者深夜听雨，我点燃一支烟。

最初的闪电比雨水更重要。

我不让自己的阳气过重，不是想向阴气投降。

我心底的阳刚不会被任何温柔所征服，因为即使我身处沙漠，我也一直要求自己温柔似水地对待生活。

一切的阴，我都报之以阳。

包括我的梦，也只能让它蒸蒸日上。

2020.6.1 凌晨

错　过

五月，院内的桃树和杏树，我一边摘一边吃。

尽管，我已经失去了三月和四月。

桃花、梨花正常开放，失约的人是我。

六月，在空荡的高铁上，我看到窗外田野里的大片麦
子，金黄的麦子。

我知道自己失去了五月。

还是这个六月，在南方的天空下，夏雨绵绵。

我在房间喝茶喝酒，我拒绝承认自己的寂寞和孤独。

只想着已经失去的闪电和雷声。

所有的错过，都是为了让我直接看到结果？

仿佛我依旧爱着生活，省略全部的苦与沮丧，只让人间
的幸福，像阳光晒出的味道。

2020.6.15 凌晨 老风居

疑　虑

石头在天空飘浮，一切坚定的都不再坚定。

我把云错觉为石头时，其实是在责备正常的逻辑。

在人间，坚如磐石的必须是希望。

希望，应该是一个日子之后另一个日子会继续。　盘古退休了，女娲隐居。　天空的太阳不断出现，后羿的箭袋已经空荡。

热浪使人们怀念北国的雪。

大雪平均了世间的地形，所有的路都是雪原。

太阳多了，冷被误会成生命的真理？

我肩扛着一泓水，濯足还是濯缨？

如果石头真的飘浮，谁来认定品质的重量？

2020.6.26 凌晨

抒情的逻辑性

还未成熟的果实从枝头掉落，这一场景被我目睹。
仲夏之时的狂风暴雨，它只是环境的布景，不是让果实
失去成熟结果的唯一作用力。
比如，一个月后才会真正成熟的李子，它们今天撒落一
地。每一个李子的肌肤上，仿佛梨花带雨。
事物自发抒情，或者配合抒情，其结果必然是：情未浓
透，却已物是人非。
狂风暴雨是真的，五个小时后，天空一轮明月也是
真的。
我在月下缓缓踱步，抒情的逻辑性多么像人间上空的
月，此前，风雨飘摇，电闪雷鸣。

2020.8.3 凌晨

敬拜昆仑山

昆仑山一直在俯瞰人间。

所有的世界风云洁白成玉虚峰上的雪，所有的外交辞令
都无效。

今天，人们在玉虚峰前敬拜。

一起心甘情愿地向我们心中的自然之神敬礼。

然后，盘点我们喧嚣时曾经有过的玷污，默默发誓在今
后漫长的未来，人心与人心紧密团结。

每个人从此都能被辨认。

每个人心中都开着一朵雪莲。

物欲至上主义者、利己主义者、那些影响人间高尚的一
切卑鄙，在玉虚峰下，在敬拜的神圣中，集体羞愧并且
自我赎罪。

对昆仑山的敬拜不是一时一地。

它是我们平凡者日常将永久铭记的纪律。

礼炮、敬辞和鞠躬之后，湿润的云从山峰上漫卷过来，

一阵细雨证实了天人感应合一的不朽真理。

三分钟后，阳光迅速照亮大地。

一只鹰从山峰飞下，天人感应是多么地正确。

人定胜天和听天由命，它们一个是谎言，一个是叹息。

从山上下来，我将带着上面的启示重新走进生活。

2020.8.28 下午

童话之城

——兼致劲松兄弟

格尔木，你是我的童话之城。

古老的寺庙和斑驳的墙壁，念经的僧和听经的人，这些都是我意料中的内容。

青稞、黑枸杞、冬虫夏草和藏红花，它们最初只是想为自己活着，如今，它们是我们生活的志愿者，它们宿命地高尚。

在高原，除去必须的运动，其他的行为是多余的。

像水的沸点，这里的人稍微加两把柴火，人性就会普遍地温暖。

"格尔木，高原深处的城市。 那里有我的好兄弟陈劲松，八月末，我要去看他。 据说那里地理复杂，但友谊简单。"

依我记事本上的提示，八月的倒数第四天，我和陈劲松坐在格尔木蓝蓝的天空下。

手撕牛肉干和一些果子，一瓶青稞酒。

然后我们看天空。

格尔木，你是我的童话之城。

天堂的意境概莫如此，还有白云酒精棉一样地擦拭着天屏。

人生的前缀和后缀，是非成败尽可留在闹市和江湖。

此刻，童话最为本质。

是的，格尔木，你是我的童话之城。

童话不深刻，童话只童话。

2020.8.27 凌晨

自然处方

在可可西里，我狼一样地孤独，就为走进藏羚羊的温柔。

生命就是生命本身。

这片地理形态丰富，能够活下来的干脆就把这里活成天堂。猎枪、刀片和人群本能里的欲望，止步，请聆听高原上的风吹过雪莲时的声音。

让一切就是可可西里吧。

仿佛一个理想主义的抑郁症患者，我被可可西里的阳光晒出了原形。

可以爱其他。

但必须首先爱这里的生命不再受到任何干预，而且，要申报自己爱的资格：我是一个已经学会放下的人。

注意：是辽阔而不是苍凉。

可可西里是最合格的医生，他抓一把阳光灸热我的心。

2020.8.29 凌晨

玛尼堆和我

万顷白云变化成各种人间的图形，它们或翻滚或悠然地
漫过我的头顶。
我具体的地理是在格尔木一片戈壁上的一个玛尼堆旁，
其时，经幡飘扬。
当祈福和祝愿过于密集，不如干脆图腾。
目睹了难以计数的动物的骨骸和人类祖先的头盖骨，生
命可以像草儿生长那样自发地图腾。
什么是图腾的象征？
象征的目的地在天空还是深藏于地下？
草原鼠说了不算；
乌鸦说了不算；
鹰只说对了一半，因为它们只飞翔在半空中。
我把图腾的解释权给予昆仑山上的诸神，他们也只说出
安慰与解脱。
如果我的骨头里依然保留下人类的奋斗和跋涉的勇敢，
骨髓遇见空气，依然能够磷火般闪亮。
图腾，不妨让我自己来说。
玛尼堆的每一块石头，石头上的每一条经幡，它们是我
的听众？

2020.8.29 凌晨

味道的体验

——给察尔汗盐湖

这才是汗水应该占据的地形。

昆仑山崛起的脊梁意味着赞美，当所有的汗水被集中在这个盐湖，劳动者的精神被高原下午五点钟的阳光照亮。

上一分钟，一捧湖水仿佛挥汗如雨，下一分钟，坚硬的盐粒总结了劳动者创造出的成果。

盐的味道不同于香水，日常的朴素坐在舞台的下方，它观看时尚香气四溢的表演。

而酸是感伤的，甜是大众化的理想，苦为人所警惕，辣，则是盐永远学不会的霸气。

珍惜各种情况下流出的泪水，它是人间最含蓄的热爱。

"我是察尔汗，是各种味道最后的检验者。"

八月末，土地即将进入收获季。

漫不经心或者神情肃穆，我来到察尔汗盐湖。

我把手伸进湖水。

一阵风过，我的手掌盐粒密布。

握成拳头，俨如腌制后可以过冬的劳动者的力量。

察尔汗盐湖，你收集了汗水全部的词汇。

泪水也咸，但只有劳动的味道才能真正结晶，并且永恒！

2020.8.28 下午 察尔汗盐湖畔

守护人
——写给可可西里守护人索南达杰

不允许枪口的硝烟表达收获猎物时的喜悦。

让枪口对准偷猎者自己。

残阳的眼神也是藏羚羊的眼神，大漠恰巧无风，一朵惊恐的云迟滞成可可西里天空的污染。

藏羚羊的犄角早已放弃斗争的坚硬，柔软的唇吻只献给可可西里匍匐的草。

虎狼之心环伺左右。

守护人确实没有找来玫瑰，他采摘小兰花、小红花和野莓，安详的下午时光证明了人、羚羊和可可西里的和谐。

后来，他死于一次对冲突的制止。

高原的夕阳哭红了眼睛。

雕像塑起英雄的图腾，英雄是一位普通的善良人。

经常有将要老死的羚羊，把它的身体趴成最后的祭祀。

好人终于能够在死后光荣。

2020.8.28 下午 可可西里——格尔木途中

昆仑山口

昆仑山脉缓缓地拉开帷幕，让路继续向前。

我在山口伫立，祥云绽放在昆仑山口。

在高高的天际线上，有一朵雪莲花是属于我的?

我的雪莲花不世俗。

山口像双颊，阳光一样地绯红。

我准备进山了。

巍巍昆仑，你是我高处的乌托邦。

我来时的路上站满疲惫的修辞，这些修辞不是我走进你的障碍。

我找到了自己的雪莲花，它祥云一样地绽放在让人豁然开朗的昆仑山口。

等我修剪了一个草坪，等我证实了新砌的鸟巢有小鸟飞出，等我看到秋季的稻谷走进了粮仓。

我会真正地再次来到昆仑山口，伸开双臂，高举雪莲花。

我把最美的祥云献给你这高处的乌托邦。

理想如神，昆仑山口依旧门扉大开，同行者，我们一起做山中人?

2020.8.28 下午 可可西里——格尔木途中

119

半枯的胡杨和晚阳

稍远一点看过去，似乎红色的晚阳正在滑下一位老者的怀抱。

而当我走近，我看到一棵胡杨大半个身躯已经枯萎，仅有几片绿叶的那根手臂，在拽住一点点一点点沉下去的太阳。

多么感人的场景。

孤独的老人，拼尽最后的力气，也要为这片土地多留下一会儿光明。

2020.8.27 下午 格尔木

玉虚峰

望着只是雪的颜色的玉虚峰。

同时看到被阳光照射后仿佛分工有致的云朵，各种异彩气球一样地簇拥我心目中神圣静穆的山峰。

昆仑山基础庞大而坚固。 它是大地永不缺钙的脊梁。

长庄稼的、长鲜花的、长草与树木的，还有奔跑着各种生命的原野和道路，包括自由的河流，它们都必须向巍巍昆仑注目致意。

当我面对昆仑山神秘的玉虚峰，我想分开来读它的名字。

玉。 虚。 峰。

作为物质的玉，我不求。 否则我宁愿种地瓜和麦子。

我想牢记的是玉的象征。

如果我也想把玩，我想把冰清玉洁在人性的掌心里握出温润。

如何读虚？

不心虚是需要底气的，不虚伪是需要纪律的，不虚软或者不虚荣，我要具备怎样的力量？

我更想把这个字读成无与伦比的空间。

一切到来的皆可装下。

我读峰的时候，没有失去自己。

任何山峰都不能成为蔑视在山脚认真行走的人们的理由。 它只是提示着曾经的与可能的高度。

我们最后一起读。

玉虚峰！

它是芸芸众生耳畔的鼓舞，是人们永不困顿的体内的力量，是我生命沉默的祷词。

2020.9.4 凌晨 老风居

路过玉珠峰

6178 米的海拔。

哪里比得上八千里路云和月？ 如果加上半个世纪的人生和白天与黑夜全部的喜悦和悲伤，我多么想傲视你同样高耸的头颅。

如苍鹰盘旋，如飞鸿踏雪。

普通人，站着就是奇迹。

所以，我是你与生命有关的一个注脚。

不做登山者，只做人群中时常抬头看天的人。

羊群在我身边吃草，羚羊放松警惕，野驴与马邂逅，爱情的结果可以就是骡子。

人间对天堂的爱是否就是让现实服从幻境的指导？

玉珠在高处璀璨。 凡美德者、凡劳动者，他们都将必有回报？

一生不上山，因为我只爱坑洼不平的人间。

我来看你，是我相信玉珠不仅仅高高在上，它应当更是对人间的一种奖励。

白雪始终皑皑，美景隔空等待。

我是山下人，当生活热火朝天的时候，我是一个路过者，也是一个抬头看天同时就看到你的人。

更是只一眼，就永远记住你名字的那个人。

2020.9.5 凌晨 北京老风居

输与不输

小虫输给了大虫的舌吻，空气输给了空气的速度，不再
是从容的一呼一吸，而是飓风；
向日葵输给了太阳，星星输给了月，月输给了我刚刚划
着的一根火柴，远处的光输给了燃烧。
童话的简单将不输给现实的复杂，情感的管理将不输给
恨和惆怅，长茧的手将不输给收获，善良将不输给欲望
和谎言。
我输给了仍未抵达的高度和远方，不输给另外一个我；
河里的鱼不输给鱼饵和网，我们不输给夜色，我们不输
给疾病和死亡。
未来，在输赢之上。

2020.9.8

区 别

我沉默着，想让语言失效。

黑蝙蝠的眼睛在试探黑暗的黑暗，而我，却坐在一个亮着灯的房间。

我宁愿相信，有一只鹰暂时盲目在飞翔里。

不忍心把鼠的形状，理解成黑衣人快乐的夜生活。

这就很难解释蝙蝠和鹰的区别——包括枯坐的我与飞行的我。

2020.9.8 凌晨

时间的镌刻

——写给黄姚古镇

给我一把时间的刻刀，我要刻出黄姚的轮廓。

真武山、鸡公山，它们一左一右，黄姚的脸庞上凸起的两个有性格的颧骨，从历史深处一路走来，黄姚的态度必须坚毅。

黄精酒、千年榕，文物一样的桥，关于生命力和对岁月的陪伴，关于一条河的此岸与彼岸的和解，它们是黄姚的魅力，更是黄姚战胜一切沧桑的元素。

别有用心的人不能来黄姚。一把刻刀在手，他们是我要剔除的多余的材料。

历史的内涵我该如何镌刻？

刻下祠堂里代代薪火相传的每一个人的名字，寻常的日子不能遗漏，每一个人具体的眼神记录过黄姚古镇的山水，深深下切的法令纹，证明着一个真理：懂得天地人和者，必寿。

弄堂没有篱笆，一户人家早上开门就走进或者接纳另一户人家。和睦的人文只能刻在人们的心上，黑色的蝙蝠石是古镇人际关系的愿景，也是纪律。

天地玄黄，左牵黄右擎姚，时间的刻刀在这处地理上刻下黄姚古镇，它是往事里留下的遗产，却事关我们的未来。

2020.9.27 凌晨

黄姚故事

黄姓少年和一个姚姓少女分别站在一条河的两岸。

少年放飞的风筝断了线之后，落成了少女的思念。

石头与砖，从两岸各自努力，成桥。

姓黄的少年找到了自己的风筝，姓姚的少女握住了放风筝人的手。

最初的故事是关于他们的三男三女。

三男因为他们的一次远行，带回远方的三女；

三女因为美丽，让北方的三个勇士放弃江湖。

生命与生命的展开创造了历史。

历史的地理男女平等，多人居住的地方成为了黄姚古镇。

我是千年之后新出现的面孔。

如果没有古桥。

如果我在河的此岸也放一只风筝，谁会站在彼岸？

问题在于，我的风筝不会断线，彼岸即使有人，她或许只能抬头看天。

黄姚古镇，周郎来也，小乔愿嫁？

故事再越千年，古镇仍古，只是地理上的名字是否会叫周乔？

2020.9.27 凌晨

母亲与荷花后的本质

莲子赶走了荷花，现实劝离了修辞。

十月的韩家荡，母亲脸上的皱纹对应了秋黄的荷叶。

她会想起自己穿着花布衫，扎着小辫子的年少时光？

这中间的距离大于一个甲子。

汗珠如麦粒，勤劳者和庄稼必须产生的结果，养活了我和两个妹妹。 我们有的待在原地，有的走向他乡。 而母亲，依然是母亲。

在荷塘边上的田垄，我看到一丛盐蒿，周身红似晚霞。

一切的存在，当本质的时光到来，长者的目光慈祥，但已能洞穿生活的风雨。

我握着母亲的手。

母亲看着大片变枯的荷，突然激动：藕要出场了！

那些经不住挫折的人们，那些自比荷花的人们，

那些经常感到被窒息的人们，深秋的帷幕已经拉开。

藕孔将在人间自由呼吸。

最美好的结尾属于母亲们吧。

2020.10.8 晚 白塔埠——北京大兴飞行途中

恰西草原

它们起伏着，差异着。

阳光干净得恰到好处，山坡穿上绿袍，在安详的河流上
集体温柔。

它们，是指一片平缓的坡，一块凸起的草带，一顶圆圆
的山包。 五分钟前的一阵细雨，变成眼前走远了的薄
薄的云。 阳光直直地泻下，身旁亚楠的影子明显比我
庞大，他比我更懂草原。 当我感叹遥远的羊群渺小成
一地鹅卵石时，他说只要我们走近一些，它们就是活生
生的羊了。 山坡上面的草更加茂盛，所以生命要
向上。

我看到哈萨克骑士手里的马鞭，鞭梢甩出彩虹的声音，
彩虹横贯山坡，马蹄声里，乌云开始腼腆，恰西草原，
牛羊啃着带露的青草。

兵团的诗人程相申手指已经西斜的太阳，他对亚楠说：
你看，这才是真正的伊犁晚报。

我们会意一笑，仿佛美好的天气下这干净的恰西草原都
是由兄弟们编辑出来的好文章。 绿草就是晚报的底
色，牧民和马是生动的插图，我们这些来自远方的人，
暂时成为这片草原上的主人。

忘记草原之外还有别的地形，都市里的丛林法则必须服
从于草原的辽阔，羊群不争食，它们尊重伙伴们近处的
青草，它们的眼神被恰西草原上空的阳光镀亮，目光里
热情如火，我们因此原谅了经验中的人们的冷漠。

土地可以温柔，风吹起地幔，一坡一坡的绿色，生命的
地形在巩留起伏，这里意境深远，如果铁板一块的单调
苦涩了我们的生动，大家就站在任意一个坡顶，双臂扩
胸，呼喊："恰西！ 恰西！"

2017.9.17 凌晨

霍城：薰衣草的哲学

六月中旬的霍城，薰衣草开始集中发言。

它们发言的方式是一起开花，阳光一晒，它们就吐气
如兰。

乐观豪迈的男人，应该站在薰衣草的中间。

这迷人的紫，象征着人间不可没有的忧思。

我当然不是为了忧郁而来，我撸下一串花粒，双掌轻柔
地搓，薰衣草味道的真相让我感受到忧思的哲学。

它们的味道是爆米花和玫瑰的握手。

庄稼和风景的背景里，哲学应该忧思什么？

心中有庄稼的人，他们理所当然地收到玫瑰之礼。

薰衣草是这样暗示的吗？

在我第三次对着柔软温润的薰衣草花粒深呼吸之后，我
发现它们在提供着一种解决方案：冷漠、暴戾和焦躁，
请珍惜薰衣草给予的安静。

那些厮守着金碧辉煌的人，请到霍城来。

最好选择如日中天的季节，记住霍城。 这里不仅仅是
远离尘嚣，这里盛产薰衣草的哲学。

2017.9.19 凌晨

人间烟火才是万佛之佛

——观戴卫写生《峨眉山之万佛崖》

峨眉之下，眼神慈悲。

我知道，万佛崖是峨眉山的一个构成。

一块石头攀着另一块石头，拾级而上。它站立的位置可以俯瞰人间，它是高处的佛的形状。

一崖何以暗示万佛？

寻常的人，在人间历练之后，慢慢地升高自己。然后，世间就多了一个超然物外的人，如佛。

宛如通过了净界的考验，峨眉山欢迎更多的人走向天堂的意境。所以，万佛崖是对人间生活的一种鼓舞。

看！又过来一位体魄健壮的男子。

他喂养了马匹，耕种了土地，并且收获了庄稼。

他裸露着上身，背负着他的母亲，攀援而上，他要给母亲地面上最美好的高度。阳光趴在他古铜色的皮肤上，每一滴汗水发出神性的光芒。

他用舌头舔一下唇。谁的舌苔接近泥土，谁就能够在人间播佛为种子。

峨眉之下，岩石之上，双目慈悲。

人间烟火，应该永远被注视。它是万佛之佛，是一尊圣石的具体情感，是画家笔下永恒的艺术魅力。

2020.10.2 凌晨

130

武侯祠

关键在于出师。

让远处的风景是他的风景，远方的人民是他的乡亲。

山路漫漫，也崎岖，也坎坷。

可是，群山那边的原野萦绕在梦中，版图那样地顽固。

班师，接着再出。

鞠躬尽瘁之后，真的就死而后已。 风云曾起于鹅扇的一开一合，空城计与火，它们让对手或者不冒进，或者干脆落荒而逃。

一炷香的青烟缭绕着往事。

他把自己活成了他人的祭祀。

武侯祠苍劲的古柏努力向上，它不把话说白，它不勉强岁月中的孰是孰非。

后来的马谡太多，武侯祠的主人再也斩不完。

太空吐出残阳，如在吐血。

在武侯祠，古今多少事，我不笑不谈，只叹息。

如果我是他，我就把自己埋葬在五丈原。

2020.11.8 下午

崇武古城

有了石头，火炮便不再可怕。

有了石头后面崇武古城的勇士，倭寇就是墙下人。

这是我第三次登上城墙。

我恨死侵略者，别人的怎么能够直接地变成自己的？

海风在吹，崇武古城仿佛教科书在翻动。

对付入侵者，先是弓箭和红衣大炮，然后是石头，然后
是长矛和大刀。

肉搏是生命的礼赞，你想做强盗，就别怪我让你去死。

古砖整齐，俨如木刻的文字。

今天活着的人，都是幸存者。

走在崇武古城的墙垛上，我不允许自己只是一个游客。

我要告诉强盗，我一身武艺，至今仍一拳未出。

2020.12.4 凌晨

惠安女

如果苦水比海水还多，就让它干脆是盐。

如果温柔比海浪还丰富，就让自己是梦里的海鸥。

劳动需要劳动去证明，惠安女就是最好的证人。

她是一条载满生活的船，丈夫的船篙一撑，她便跟着走。

河流总是最好的，真正的自己在别人那里。

失去或者得到，都是惠安女。

水底的海草，自由看不见，鱼群游弋其中；礁石上的一丛丛苔藓，生命力附着在坚硬的表面。

惠安女一出生，她就能恍然大悟。

一生只热爱，一生不叹息。

2020.12.5 下午

净峰寺

因为我不同意自己轻易地六根清净，我依然固执地爱着人间。

市井之声里有梵音吗？

在净峰寺，弘一刚走，我来了。

点燃三炷香，一炷坦陈我尘缘未了；一炷袅袅诉说浑浊背景下的忐忑；第三炷想告诉正在登山的人，我准备离开净峰寺，下山，继续当一名播种者。

来过这个干净的山峰，我与以前应该不同。

我播的种子，从此各有其名。

它们分别是：善良、公平和幸福。

都说净峰寺有求必应，我的种子会生根发芽，然后茁壮成长？

2020.12.5 晚

风车岛

早就期待把风集中在一起。

日常生活中，你呼吸我呼吸，常常会被忽视。

空气可否变成有意味的形式？

在风车岛，地形简单，风是主人。

你要摆正自己，因为大风中你无法正常站立。

你在风中一摇摆，还能咄咄逼人吗？

风车急速旋转，唯有时间永恒。

那些想做人上人的人，因为大风的摧枯拉朽而只能匍匐。

感谢风车岛，我从此不相信乌云蔽日。

风吹云散之后，还给众人的是朗朗乾坤。

2020.12.6 凌晨

如此一坐

——观戴卫画《王维诗意图》

人间的声音是一阵竹语时，一个古人正在松下坐着。

每当我看到竹林，我就会想起竹笋向上的时光。

事物内部的力量与我们身体中的意志暗合，青松多么挺

拔，一千多年后的场景里，有多少人决心只争朝夕？

可以暂时远离一下烦忧，而俗世无法避免。

歇一下身子，安静地等待什么或者同样安静地去思念。

归来的浣女擦肩而过，春风吹过树梢，你是松下人。

王孙一个都没有留下，只有我穿越千年去看你。

你是谁？

尽管人间的力量千古不衰，但你依然是王维。

是我的长者，是我的故人。

是我自己时常在深夜独坐时的榜样。

如此一坐，人间又能越过千年。

2020.11.17 凌晨

辨识自己

——观戴卫画《半日读书半日静坐》

在繁华的尘世，我从不站着说话。

在旷野里坐下，我坐出两个地名：天涯、海角。

半日，我让自己远。

热闹非凡的剧目从来就是生活，主角不是成功，配角不是失败，观者不是多余。

飞鸟在天空留痕，人生就是白驹过隙？

线装书里的墨香是我的百草园，我是弄香的蝶，是采蜜的蜂。

我其实更是自己的主人。

卑躬屈膝、人云亦云，或者纸醉金迷，它们在我的半日之外；

我一旦读书，我就清醒自己的身份：这一生我只能做一个好学生。 好学生，它宿命般地在我的半日之内。

我半日静坐的时候，不免会想起一生中的爱恨情仇。

当我清楚自己与天涯海角正在左拥右抱，我是孤帆远影的一个观赏者。

半日读书，我对别人的生活充满敬意。

半日静坐，我想给自己的生活留有余地，然后，认真地热爱这苍茫的人世。

2020.12.26 凌晨 三亚

重新释义

——观戴卫写生《刺猬》

微风中的草叶柔顺如大地的发，浑身长刺的人一定事出
有因。

通常的情况下，刺猬自会止息干戈，它在地面上快速移
动，生命，肉球一样地滚动。

在紧张的时候，它才是真正的刺猬。

这个小东西，急了就怒发高竖。

倘若再加上恐惧，它会让空气擦亮背上的长矛。

草叶枯黄的季节，我最想看到的是冬天树干那样的挺
立，坚强的森林，长在渺小、柔软的身体之上。

刺猬只是刺猬本身，与它对待外部环境的态度无关。

2021.1.14 下午

创造背景

——观戴卫画《品茗图》

从破败的环境里请出春天。

一壶有温度的水，加上新芽几许。 春天于是在我们的体内，忘记我们之外还有更广泛的人间。

在喧嚣的市井，可以让普洱为媒，你我兄弟，走出江湖的刀光剑影，静气是胸腔里的闪电。

如遇冰天雪地，铁壶在炭火的上方，坚硬的黑茶在沸水中慢慢释放。

一口茶，我们在风头正劲时选择平静。

一口茶，我们在苦涩时润好喉咙，为了在更多的日子里继续发出自己的声音。

曾经站在山坡上的一棵棵茶树，云雾与风雨模拟着人间的生活。 阳光下的鸟鸣遇见采茶女柔美的手，当一片片叶子成为茶，你我品茗，往事皆为背景，安详的背景和我们的未来交谈，我们是永远的自己。

假如生活真的要求我们深刻，不妨焖一壶陈年白茶，人生经验在心里生长，味道如药。

是的，你我以品茗的方式创造背景。

时间里阳光照不亮的面积让茶去润透，茶来慰我；

生命中总有一些难以避免的隐疾，让茶去疗你。

2021.3.13 下午

登高后再俯瞰人间

——观戴卫画《杜甫登高诗意图》

有人把人也当成是梯子的一种。

而石梯，只是一块石头接着另一块，斜着向上。

离开人群后，我踏着的就是这些石头。

身子慢慢升高。

鱼尾云折叠成一位壮年男子眼角的上山前的经历，秋熟
的红叶被风吹进他的双眼，黄昏前的喜悦也是喜悦。

登高了，不蹚浑水，不身陷泥潭。

我只说落日熔金，说满山的红叶生动了黄昏。

田野、村舍和炊烟。

被距离省略的日常生活，因为我主动登高，我只看到一
个个生命的影像，他们是人间真正的意义。

挂着汗珠还是泪水？

高远之后的人们，他们的面孔有一个共同的名字：
生活。

可以旷达，可以豪迈。

在太阳落山前登高，高处的秋天层林尽染，登高的人背
景雄浑，他的目光融合了晚霞，晚霞里的人间渺远、
安全。

2021.4.1凌晨

致大海

当风吹着绸缎，海浪平滑，这是海神在正常呼吸。

让海神发脾气的是人类的一艘沉船，沉船碰伤了海神的心脏。

海神大吼，排浪滚滚而来。

我是玩心很重的小妖，我沙滩一样地匍匐。

腹部贴紧泥沙，背部留给时空。

浪，一道又一道。

海神，你是我合格的按摩大师。

我手不能及的穴位被你眷顾，任督二脉似乎已经打通。

我颈椎的痛，我背部经常的粘连，你给予我浪的理疗。

我一直有一个秘密，海平如镜意味着不祥的预兆。

大海，必须波涛汹涌。

这才是海神施予我背后的力量。

当海星星躺在谷底，一轮明月横空出世。

我喜欢海神粗暴的温柔。

顽皮的小妖似乎被吞噬，而我一旦站起，就是与海神相匹敌的弄潮儿。

我要致大海。

海潮不能停息，真性情的海神，你拍完我的后背，我转身与你握手言和。

我要致大海，我要握住你生生不息的气魄。

小妖那样地俏皮，勇士那样地永不气馁。

2020.12.27 凌晨

天　涯

天涯，约等于所有道路的总和？

一块大石上的两个字，它们仅仅是地理的名称？

尘土、狼烟，庙堂之高和市井之卑微，这些内容一旦与

天涯相遇，都只是大海咆哮前的童声。

需要多少步可以到达天涯？

这些步伐该如何定义？

乡野之径和城市的街道，两部并着一步；

高山之巅、沙漠和草原，三步走进行吟；

江河、湖泊，智者因为爱水而反复踱步；

还有一些步子留给了世态的炎凉和人心的阴暗与明亮；

有几步是永远也不能忘记的，重复的惆怅和沮丧，然后

是重复的坚定和希望。

现在这一步，我穿过整个的天，在天涯，看着天外。

背后是我真实的人间，黄昏一样的宁静和忘却。

2020.12.31 凌晨 三亚

立 春

冰和岸的接壤处，出现一湾柔柔的水。 春天的证据，
在于冬天的口气已经开始松动？

立春这一天，人们要告别的词汇有：凛冽的寒风、坚硬
的冻土，行走时必须高竖的衣领和被枯叶砸痛的目光。

我要多走几步，在市郊的土路上，迎候即将北归的鸟
群。 从广泛的田野，首先发现除了麦苗，那些青草、
野菜也在春天醒来。

那些抓着冬天不放的人，会向被冬天伤害的人致歉？

立春，忘记背景。

只为相信春风就要拂面。

2021.2.4

石皮弄

瘦小的人在这里走上几步，也能显得是一个人物。

芸芸众生眼里的乾坤，可以简单为生活里的一道缝隙。

太阳在东，太阳在西，白天的石皮弄身份自觉，它是光明里的一线清凉。

只有到了中午，阳光垂直泻下，石皮弄仿佛一道闪电被铺设在人间。

小人物都是乡里乡亲，孩童手拿彩纸制成的风车，一边奔跑，一边激活大人们规划好的弄堂里的空气。 他们的脚步敲击着石皮鼓，敲着敲着，一代人的内容就嵌进了皱纹。

在辛丑年的春天，石皮为路。

我是路上的行客，也是这个古镇经络的发现者。 狭长的石皮弄，多么像一条舒肝的经络，气血一旦生动，小镇就会热血沸腾。

只有让人不小，小镇才能古而不衰。

2021.4.11 晚大云

生活的顿号是一朵云

——写给嘉善大云

一

在高处给我慰籍的一朵祥云，着陆人间后就是我眼前的地理：大云。

我喜欢生活中有云，它是温婉的意象，有雨水即将浇灌土地的期待，有烈日炎炎下给劳作的人们以一片阴凉。如果吹来一阵风，一个小地理也可以风云际会。在大云镇的一次漫步后，一定还会对云有进一步的认识：幸福那样的柔软、爱情那样的缠绵，它带给我们的不是云里雾里的恍惚，而是杜鹃花的从容之美与巧克力般的甜蜜意境。

二

什么样的土地可以做一回天空中的云？

劳动的人们，坐在田埂上，一闭目，理想就在眼前丰满。

平凡的人间，必有一部分内容属于上升。

劳动者和大地的对话：

"我们让美好落地，我们让甜蜜真实，我们让鲜花开放在稻香里，我们让喧闹中的人们来到这里，获得天空的辽阔和生命的从容。"

"在你们努力之前，我是古老的泥土和河流。我的胸脯曾经写满荒芜和贫困，注释过叹息和迷茫。劳动的人啊，懂我的人，你们以善意和汗水待我，我要把自己变成一朵云那样的一个顿号，让你们的生活有一次休憩和柔软。"

"生活确实还要深入，更远的路还要继续行走。我们的脸庞也真的挂满汗珠，我们在大云做一下歇息，让田野的风拂去汗，仿佛一片云擦拭天空。我们把这里看成是一次和解、一次理疗，更是一次自我鼓舞。"

"我是一片古老的土地与河流。我要为你们生长出生活的公道，生长出鲜花的象征和巧克力一样的童话，我要是你们安静的力量和实现希望的勇气。劳动的人们，我就是这样的大云。我相信平凡的人间，必有一部分内容属于上升。"

三

物我之间的善意互相作用，人性的温度如温暖的泉水从土地深处涌出。

大云，顿号有效。它对我在闹市密集的语言进行合理的断句，我第一天认真看天和天上的云，第二天看花和花的自由绽放，第三天，在巧克力小镇得到启示，人们之间的友谊可以走出猜忌和争斗，空气的味道不妨就是巧克力入口后的感受。

是的，生活的顿号应该是一朵云。

我需要这样的一朵云，一朵大云。

2021.4.12 凌晨 嘉善大云镇

水墨西塘

雨燕在天空划一个弧，它们飞进瓦檐下的家。西塘的瓦，天空的蓝和泥土的黄经过人间烟火的综合，青灰色的态度表达出古镇独有的气质。

九河二十四桥，撑一叶小舟走街串巷，一抬脚就到了彼岸。以邻为美的人，彼此互不设防，心有江南的涟漪，人性婉约。

慢跑几步，沽来一坛花雕。

酒后的西塘，一改新嫁女般的腼腆羞涩，可以春雷震天，亦可如蜡梅，绽放就为了凌霜傲雪。

我脚蘸春雨，仿佛笔走水墨。

用一个墨点渺远去古镇那头的马鸣庵，木鱼寂寥，市井才能生动。

择一株倦柳栖暮鸟，漂泊是主人，归来也是主人；倚一枝桥栏听渔歌，童颜是乡音，鹤发也是乡音。

好一个烟雨长廊，我用前世的村庄，换取今生的西塘。

夜色降临，一串串红灯笼接檐而挂，每一个房子都是旅行者的客栈，枕水而眠，所有人都是梦里的乡亲。

水墨如梦，梦境关于西塘。画卷聚焦处是一座石拱桥，桥上有人在仰头看天。

安静的西塘，古典的西塘。醒着的人是幸运的，因为此刻他正走进水墨，他是画中会呼吸的主角。

2021.4.12 凌晨 嘉善

愿 景

——给将要出生的孙女

缓缓流动的时光腾起了浪花，这个冬天，在我最需要的时候，你降临世间。

与我有关的未来，又多了一个人生的长度。

平凡的人容易被遗忘，有了你，起码我会再被记住一百年。

我是你的爷爷，黑夜的寂静和孤独已经由我来坐尽，我把太阳升起后的光明为你留着。 为了爱不再被滥用，我从此慈祥。

斗争的往事嵌在爷爷的皱纹里，眉头舒展后是新的童话。

你是童话中的公主，你是我今后生命中新的人民。 女孩子好啊，爷爷的母亲也曾经从一个女孩做起，她是你父亲受人尊敬的奶奶。 她比你爷爷早慈祥了二十年，生活的风雨她抢走了大半个世纪。 当你学会叫妈妈的时候，母爱的内涵就是你将来终会知道的人性的力量。

我给你取名叫"九言"，该说的话一定要说。 废话和空话不说也不听，爷爷曾经吞吞吐吐，你不妨尽情歌唱。

从黑暗的隧道走出，你拥有阳光全部的味道。

2018.12.1 凌晨

散文诗和九言
——献给刚出生的孙女九言

九言和其他的婴儿一样，以啼哭的方式适应人间最初的
空气。

想不到爷爷的一章散文诗让你迫不及待地在黎明前就来
到这个世界，你看到的将是第一个日出，你用小手抱着
太阳，太阳对这个冬天的意义多年后你才能知道。

爷爷什么也不说。

你是爷爷最真实的小太阳。

你爸爸说，散文诗的力量真大，大到他的女儿提前一周
就开始报到。

散文诗更仿佛生活本身，一些句子只是生活原本的模
样，普通而自由，每个人的生命中一定会有光芒的时
刻，它昭示着我们要相信诗意的人生。

九言，爷爷的这个家庭平凡又朴素。

爷爷一生没有敌人，所以你将来只会看到人性中友情的
这部分。

友情之外的内容，你要依靠自己的成长去慢慢坚定。

最大的尊严是正直，然后，爷爷将为你写下从容和
幸福。

2018.12.3 晨

周末，观察孙女九言

你阳光灿烂的脸，给了这个空间最好的温度。

至于温度之外的炎凉，你扮一下鬼脸就可以全部忽略。

九言，你用两个食指写下"人"字，然后以鼓掌的方式解答一切的未知。你饿的时候就哭，玩具、有声读物和大人眼里的风景，一律无效。

真理如此简单地被一周岁的孩子发现：风景在温饱之后。

周末，爷爷对你的观察包括你长出的四颗新牙。

牙齿是咬的条件，当咬发挥作用，你立即就手舞足蹈。

你长大后将会知道的匍匐前进，现在只是你爬着向前。

我观察你的最大的成果是你突然手扶椅背，站立，然后移动脚步。

刹那间，你是我能够自己行走的孙女。

爷爷总结一生的行走，想把所有的弯路和崎岖自己留下，只把康庄大道和光明的远方给予你。周末，观察孙女九言。

我的理想，多了日常的内容。

2019.12.9 凌晨

格物、及物、化物及其他

——我的散文诗观

散文诗的根部属性是诗，散文诗的写作者如何走出身份的焦虑完全在于文本是否真正抵达诗。

走出对事物影像的过度描摹和轻易的抒情，以思想和本质的发现进行诗意的呈现。鉴于散文诗在叙述上的优势，写作者更要清醒自己在场的意义，让作品能够超越平均的立意，文字中料峭的部分便是你的写作价值。

我从未认为一种文体能被人为地边缘化，如同玉米绝不会被高粱覆盖，它们都是土地上美好的庄稼。分行或者不分行，只要是认真写诗，就把深刻的丰收写进粮仓。

我们应该记住：散文诗是一种复杂的书写，是更加复杂和隐秘的诗。

至于我个人的写作实践，近年来，我一直坚持对目标事物的本质进行诗意的呈现，充分发挥散文诗对未来时空的一种预言性的优势。从方法论上来说，注意"格物、及物与化物"。所谓格物，是指我们如何从所接触到的事物中获得自己所需要，同时也对他者有意义的启示；及物，要求我们的写作必须在场，必须食人间烟火，必须能够让我们的写作去唤醒更多沉睡的经验；化物，要始终清醒写作主体本身的情感和知性的转换贯通，不拘泥于典故和任何已有的出处。

说到散文诗走出多年来的唯美、抒情和密集修辞的误区，我一直坚持认为思想性是散文诗唯一的重量，也是这一文体所特有的优势。如果概括一个写作者重视思想性所需要的条件，这个条件便是：针砭、悲悯、热爱与希望。达到这个条件，实属不易。它要求写作者压低并且节制无时不在的日常情绪，要铭记天地永远悠悠，人类永远生存。用自己的作品，唤起蒙尘的理想和人性的温度。

　　以上是我的散文诗观，更是我一生要遵守的纪律。

　　　　　　　　　　2020.6.23 凌晨 老凤居

作者创作年表

1. 1984年创作散文诗处女作《爱是一棵月亮树》，首撰"月亮树"一词。在《青年翻译家》发表后，被《读者文摘》等众多书刊选载。

2. 1989年编译《中外女诗人佳作选》，由浙江文艺出版社出版。

3. 1990年，由漓江出版社出版散文诗集《爱是一棵月亮树》，收录托名玛丽·格丽娜的爱情散文诗60章，在读者中产生广泛影响。

4. 1991年，翻译帕金森第三定律《幽默发达学堂》，河南人民出版社。

5. 1991年，翻译路斯·史密斯的《西方当代美术》（与柴小刚合译），江苏美术出版社。

6. 1992年，创作以母爱为主题的散文诗集《飞不走的蝴蝶》，安徽文艺出版社。

7. 1993年，翻译福赛斯的小说《敖德萨秘密文件》，台湾星光出版社。

8. 1993年，在未名湖畔创作散文诗组章《我们》。

9. 2000年，出版散文诗合集《爱是一棵月亮树》，收录《爱是一棵月亮树》《飞不走的蝴蝶》《紫气在你心头》三个专辑。中国广播电视出版社。

10. 2004年，出版彩图珍藏版散文诗集《风景般的岁月》，中国文联出版社。

11. 2006年，出版精装版《周庆荣散文诗选》，江苏文艺出版社。并在南京举办本书首发式及作品研讨会。

12. 2008年，创作《我们（二）》。在《诗潮》发表后，收入《2008年度散文诗》（漓江出版社）。

13. 2008—2010年，创作《有理想的人》《我是山谷》《英雄》《井冈山》《时间》《梦想》《义天和孝地》《尧访》《冬去春来》等，受到读者关注。

14. 2010年《诗刊》第五期（上半月）"每月诗星"栏目推出《有理想的人》散文诗12章，这是该刊此栏目首次发表散文诗。

15. 2010 年，出版中英文典藏版《我们》，译林出版社。在中国社科院外文所举办首发式及研讨会。

16. 2011 年，《我们》再版，软精装，附 CD 光盘，译林出版社。

17. 2011 年，出版《有理想的人》，中国青年出版社。

18. 2013 年，出任《星星·散文诗》名誉主编。

19. 2017 年，出版《有温度的人》，四川文艺出版社。并在成都举办新书首发式及在上海举行作品研讨会。

20. 2017 年，《我们的思考永远未完成》获得"可可托海杯·第五届文学评论奖，刊于《西部 2017 年第 6 期。

21. 2018 年，《周庆荣自选诗》发表于《诗选刊》三月头条诗人。

22. 2018 年，《春水将醒》（散文诗组章）发表于《西部》第 5 期头题；并发表"思想在场以回报养育我们的土地"书面文章。

23. 2018 年获得《西部》"可可托海杯"年度评论奖。

24. 2019 年，第二届新时代北京诗歌论坛——做"从理想、远方到温度"的专题发言。

25. 2019 年，周庆荣散文诗九章发表于《钟山》第 2 期。

26. 2019 年，获得海峡·两岸桂冠诗人奖；颁奖会上做关于"家国情怀"的主题发言。

27. 2019 年，全国诗歌座谈会上发言——《时代的场景需要自觉的发现及我的散文诗创作观》。

28. 2020 年，《关于可能性》（散文诗组章）发表于《诗潮》第 9 期头条。

29. 2020 年，《魂的标本》（组章）发表于《诗林》第 3 期头条。

30. 2020 年，获得年度十佳华语诗人奖。

31. 2020 年，参加《诗刊》"青春回眸"诗会。

32. 2021 年，《抒情的逻辑性》（组章）发表于《上海诗人》第 4 期头条。

33. 2021 年，获得第十一届中国·散文诗大奖。

34. 2021 年，获得首届创造杯散文诗双年奖。